张心远·编

对联

陕西新华出版 三秦出版社

图书在版编目（CIP）数据

　　对联／张心远编．--2版．--西安：三秦出版社，
2008.04（2024.1 重印）
　　（国学百部文库）
　　ISBN 978-7-80628-515-2

　　Ⅰ．①对… Ⅱ．①张… Ⅲ．①对联—作品集—中国
Ⅳ．① I269

中国版本图书馆 CIP 数据核字（2008）第 036250 号

书　　名	对　联
作　　者	张心远 编
责　　编	高峰等
封面设计	新华智品

出版发行	三秦出版社
社　　址	西安市雁塔区曲江新区登高路 1388 号
电　　话	（029）81205236
邮政编码	710061
印　　刷	北京一鑫印务有限责任公司
开　　本	680×1020　1/16
印　　张	9
字　　数	91 千字
版　　次	2008 年 4 月第 2 版
印　　次	2024 年 1 月第 2 次印刷
标准书号	ISBN 978-7-80628-515-2

定　　价	39.80 元
网　　址	http://www.sqcbs.cn

前　言

　　对联，又称楹联，是根据汉字的字义、字形、词性与声韵等特点构成的。其特点是要求语言、声调、内容、形式（字数）都对称，而较之旧诗词活泼自由得多，加之题材广泛，内容丰富，风格多样，魅力奇妙，堪称我国艺术百花园中的一朵奇葩。

　　从对联的发展史看，它萌芽于律诗形成之前，而发展于律诗之后，鼎盛于诗词日渐衰落的清代。诗与联是相互借鉴而发展的。律诗之对仗，也未尝不是从当时应对的对仗鉴赏中受到启示。突出联语、介绍本事、评点注释之风，在清初已经形成。

　　本书共收集对联名作400余篇，即有思想性与艺术性完美统一的联苑杰作，也有虽不尽完美但在联苑有较大影响的作品，或历来为群众所喜闻乐见的作品。按内容分为以下几类：

　　妙趣与谐讽——选收古今名人嘲讽世事和可耻可笑之人的佳联，名人互相诘难答对的佳联，以及其他有一定故事性和趣味性或创作技巧出奇的佳联。

　　名胜与古迹——也称胜迹，选收国内各地名胜佳联。包括：名山名水名城、名寺名观名祠、名园名楼名阁、名塔名亭名窟，等等。所收作品，既包含实地今存者，亦包含虽有记载但实地已不存者和作者已发表但实地并未采用者。

　　题赠与贺庆——选收古今名人自励自警、述志抒怀佳联，名人相互题赠佳联，名人贺寿、贺婚、节庆佳联。

　　寄挽与集联——选收名人挽逝悼亡佳联和古今文学名著中所创作、引用的佳联，古今著名集句联。

　　行业与住宅联——选收各类店铺、行业和家庭住宅有特色的对联佳作。

　　书中所收对联，凡作者有记载可考者，皆署名于联题末，不可考或有异议者，不署。署名一般直书姓名，也有书笔名、艺名、字、号者；清代帝王以年号代姓名。本书选用的大多为极易明白的作品，因此没有注释，只有赏析，它集解题评说于一体，以从审美角度和认识角度对读者进行导读服务为主旨。

　　鉴于时间较紧，水平有限，所选作品恐有偏颇之嫌，难免有遗珠之憾；所析多存浅陋之识，亦或迂拙之见。敬请读者批评指正。

编 者
2008 年 8 月

对

联

目　录

妙　趣

谐 讽

胜 迹

题 赠

行 业

贺 庆

寄　挽

集　联

住 宅 联

妙　趣

纪昀巧对乾隆联

乾隆　纪昀

南通州　北通州　南北通州通南北
东当铺　西当铺　东西当铺当东西

【赏析】

清高宗乾隆南巡时驻跸通州（今北京东郊），出上联。纪昀以下联应对。下联末"东西"一词为名词，在此与上联方位词"南北"相对，是此联巧妙之处。

绝　对　联

石延年

天若有情天亦老
月如无憾月常圆

【赏析】

石延年，河南商丘人，北宋文学家。上联出自唐李贺《金铜仙人辞汉歌》，金铜仙人因不忍离别故土而深感凄苦，苍天因怜悯动情而为之衰老。相传司马光称此句为"奇绝无对"，石延年一次中秋赏月，兴到即成对出下联。月圆则无憾，月缺则有怨。作者借自然景物抒发一生不得志之愁肠郁悒，情见乎辞。联语皆凝练之句，对得珠联璧合，故千古流传。若赋予新的内容与感情，当会生俊逸健朗之奇效。

李东阳自题联

李东阳

李东阳气暖
柳下惠风和

【赏析】

　　相传为明李东阳少时所作。李东阳、柳下惠本为人名，此处"李东"、"柳下"相对，"阳气暖"、"惠风和"相对。柳下惠：春秋时鲁大夫展禽，因禽邑柳下，谥惠，后人称为柳下惠。

寒士贺礼联

佚　名

君子之交淡如
醉翁之意不在

【赏析】

　　旧时某寒士逢友人作寿，无钱置办贺礼，遂以清水一盂相赠，附一笺书如上联。其友在笺上题以下联作覆。上联隐一"水"字，用成语"君子之交淡如水"句；下联隐一"酒"字，取"醉翁之意不在酒"意，两人通达、淡泊之风跃然纸面。

古文、诗句联

纪　昀

太极两仪生四象
春宵一刻值千金

【赏析】

以两毫不相干之事信手拈合，竟成巧对，作者极善谐谑之态呼之欲出。上联出自《易·系辞上》："是故易有太极，是生两仪，两仪生四象。"下联出自苏轼《春宵》诗："春宵一刻值千金，花有清香月有阴。"一说一道士娶妻，其友人欲作联为贺，因其身份而得上联，却一时难觅下联，纪昀遂以苏轼诗句对之，字面相对严整，又切新婚情境。

禁中观猎联

朱元璋　朱棣

风吹马尾千条线
日照龙鳞万点金

【赏析】

《坚瓠集》记朱元璋在禁中观猎，见马疾驰而过，出此上句。长孙朱允炆对以：雨打羊毛一片毡。单就文字、结构、比喻来讲，都还可以，就是立意不高，用语琐屑，形象不雅。朱元璋听了不悦。其四子朱棣见父亲皱眉，知侄子所对之句欠佳，忙以"日照"句应对。用"万点金"喻"龙鳞"确有气魄，又寓含帝王之意。朱棣后来果然从侄子手中夺得帝位，即明成祖。

戴大宾巧对太守联

戴大宾

龙飞
牛舞

【赏析】

　　明代弘治改元，莆田人进行迎春活动。当时戴大宾年龄尚幼，父兄抱他来看。有人指给太守说这是个神童，太守即以属对相试，说出"龙飞"，原以为他会对出"凤舞"，戴大宾即以"牛舞"相对。太守说不对，戴说："《吴书》上说，'百兽率舞'，牛又怎么不舞呢？"太守以为言之有理，且嘉许其新奇。

神童对联显壮志联

邱濬

谁谓犬能欺得虎
焉知鱼不化为龙

【赏析】

　　不言而喻，富豪自尊自大、蔑视才子，是一副轻慢与无礼的傲气。邱濬答联通过一个反向，表现出自己的豪情壮志。答联充满辩证思维，文词优美，对仗工整，足见邱濬才华不凡。

李东阳妙句答英宗联

明英宗　李东阳

书生脚短
天子门高

【赏析】

从辞采与结构可以看出，李东阳少富才华，且自然洒脱，从对句可以想见他的神童风采。他的应对表面讲的是客观事实，依他的才华，也许还有更深的含意，或感叹殿门高横、攀登吃力，或挖苦门槛高立、阻遏人才，或是对笑他脚短的英宗反唇相讥，否认自己脚短，归罪宫殿门高，出语不卑不亢。

左宗棠趣答启蒙师联

左宗棠

子将父做马
父望子成龙

【赏析】

上联活画出父爱子，愿为子做牛做马的舐犊心情与神态。左宗棠的对句之所以深刻和耐人寻味，是因为它把父做子之马的目的表现了出来，同时也把天下父母都希望子女成才的那种心愿表现了出来，与起联相比是一个飞跃。

白藕巧对联

朱元璋

一弯西子臂
七窍比干心

【赏析】

藕白嫩有节，且微弯，与人臂类似，以美女西施比之，极言其滑嫩白皙。"西子"喻臂，激人联想，起无限遐思。比干是殷纣王的忠臣，据说他心有七窍。藕有小孔，作者联想也极为贴切。作者以比干作比，一表其有学识，二说其怀忠心，且对仗工整，用语简洁，太祖自然欣喜赏识了。

同音巧对联

佚名撰

闲人免进贤人进
盗者莫来道者来

【赏析】

　　该联运用同音字构联，别出心裁。上联的意思是，这里不需要无事可做的闲散人员，这样的人只会吃闲门羹。这里敞开大门欢迎的，是德行高尚的人。下联警示盗贼不要进来，只欢迎有知识、有道德的人进来。该联适用于各机关、厂矿、农村、学校、社会各单位，通俗易懂，针对性强，警示性强。

书名集称对联

汪　升

六韬三略
四书五经

【赏析】

　　文韬、武韬、龙韬、虎韬、豹韬、犬韬六篇，称《六韬》。《三略》，分上略、中略、下略。四书五经，是儒家九部经典的合称，一般地说，四书指《大学》、《中庸》、《论语》、《孟子》，五经指《周易》、《尚书》、《诗经》、《礼记》、《春秋》。

巧对续录联

望梅止渴
画饼充饥

【赏析】

上联，语出《世说新语·假谲》，喻指借空想宽慰自己与别人。三国曹操"望梅止渴"的故事，家喻户晓。下联语出《三国志·魏书·卢毓传》，喻指徒有虚名而无实惠。

上下联均为三国实事，旨趣相同，骈偶工切，确为妙对。成语对，比较容易对，但像这副如此有趣的，并不多见。

民间俗谚对联

子不嫌母丑
狗不厌家贫

【赏析】

见《巧对续录》。此为民间俗谚对，言人之常情，物之常理，不避同字，颇具情趣。

从修辞上说，这属于暗喻一类，用这两件人人皆知的事，来比喻人恋眷乡土、恋眷祖国之情。

巧对乡绅联

解 缙

小犬入门嫌路窄
大鹏展翅恨天低

【赏析】

相传明代有一乡绅，要将解缙叫到他家教训一番。出个上联"小犬入门嫌路窄"，解缙一挥手，答道："大鹏展翅恨天低。"出句者本想以强凌弱，占上风头，对句者却能居高临下，抖尽威严。一个棍琐骂街，一个豪气逼人。此联奇在用喻，妙在反差。

无情对联

公门桃李争荣日

法国荷兰比利时

【赏析】

上联，为唐诗名句。下联为欧洲三个国名。

就句意而言，上下联毫不相干，连相反都谈不上，但如分解成单词单字，按词义、字义、词性考虑对仗，法与公、国与门、荷、兰与桃、李，比利与争荣，时与日，却极为工稳，从而产生浓厚的"对趣"。这也是典型的无情对例句。

联痴巧对联

方婺如

水如碧玉山如黛

云想衣裳花想容

【赏析】

清代方婺如，卧病在床，于弥留之际，门弟子中二人议论："有句成诗'水如碧玉山如黛'不知如何才能对上。"方于枕上听到后，低声答道："可对'云想衣裳花想容'。"说完就逝世了。

联语摘引现成的诗句，偶对似出于自然，很有妙趣。方某临终不忘对句，可以算是"联痴"。

地 名 趣 联

项 炯

密云不雨　通州无水不通舟
钜野皆田　即墨有秋皆即麦

【赏析】

联语巧嵌北方（今属北京、河北、山东）地名：密云、通州、钜野、即墨，且以"通州"与"通舟"同音相谐，"即墨"与"即麦"（古音为入声字）同音相谐，连缀成趣。

民国总统联

王闿运

民犹是也　国犹是也　何分南北
总而言之　统而言之　不是东西

【赏析】

袁世凯于1912年窃得"中华民国临时大总统"之位，各种势力逐鹿中华，民众依然处于水深火热之中。

湖南湘潭人清史馆馆长王闿运曾撰联："民犹是也，国犹是也；总而言之，统而言之。"意在嵌"民国总统"四字。有人加上"何分南北"和"不是东西"八字，直刺袁世凯。缀句多用虚词，安排见巧。

喜 与 悲 联

久旱逢甘雨　他乡遇故知　洞房花烛夜　金榜题名时
寡妇携儿泣　将军被敌擒　失恩宫女面　下第举人心

　　上联四句，古人称"四喜"，下联四句，古人称"四悲"。联语是从"得意事"、"失意事"的总体意义上成为偶对。本联属自对，即久旱、他乡句，洞房、金榜句，寡妇、将军句，失恩、下第句，句中两两自对，上下联并不相对，这是对联对仗的一种常见对法。

观花鸟图联

朱元璋　刘伯温

　　几幅画图　虎不啸　龙不吟　花不馨香鱼不跳　成何良史

　　一盘棋局　车无轮　马无足　炮无烟火象无牙　照甚将军

【赏析】

　　联语中，良史，本指优秀史官。这里代指反映某一时代风貌、具有历史意义绘画的作者。照甚将军，意为凭什么而为将帅。将军，此处一词两用，意有双关，一是动宾结构，即将对方之军；一是名词，棋局中"将"或"帅"。

　　上联说画，有龙虎花鱼；下联说棋，有器械人马。可见气象，可见声势，命意不浅。

自 题 联

华罗庚

三强韩赵魏
九章勾股弦

【赏析】

上联中的"三强"说的是战国时代的韩、赵、魏三个战国，实际上却隐喻着代表团团长钱三强的名字。下联中的"九章"指的是我国古代著名的数学著作《九章算术》，"九章"又恰好是代表团另一位成员、大气物理学家赵九章的名字。华老将人名和数字巧妙地糅合在一起，信手拈来，巧思之极。一词两义，含蕴深透，妙语双关，文采四溢，比之注释中提到的古人的两副数字联，更饶趣致，从而开辟了数字联的新的"对例"。

缺衣少食联

二三四五
六七八九

【赏析】

此谓缺字怪联。上联二三四五就缺一（衣）；六七八九就少十（食）"。此谓奇联、怪联，是作者苦心所造。这类对联，往往含有潜台词，惟有大才者才能识破。我们欣赏对联时，也要学会揣摩联中含有潜台词的本领。

秀才妙对联

黑白难分　教我怎知南北
青黄不接　向你借点东西

从前，某天晚上，乌云密布，有个爱作对联的人，正在家里吟哦，忽然想出半边上联。他便喃喃地念起来。这时，邻居有个穷秀才，听到后，便推门而入，应声相对。主人说："你对上我的上联，借东西好商量！"秀才笑曰："我刚才进门的那句话，不正是下联么！"主人一想，叫绝不已。这位秀才，听到上联后，反应如此快，对得如此妙，真令人吃惊。

土 地 庙 联

求公公　公道明于千里月
愿婆婆　婆心忙似半山云

【赏析】

以求神者的口吻，求土地公公办事公道，愿土地婆婆心存仁慈。通联活泼生动，特别"明"、"忙"二字，用得更富神韵。

故居湘西草堂联

王船山

清风有意难留我
明月无心自照人

【赏析】

词语自然秀丽，富有情怀。"难留我"和"自照人"，含意极为深邃，耐人寻思。

父女妙对联

王汝玉

日晒雪消　檐滴无云之雨
风吹尘起　地生不火之烟

　　王汝玉年幼时，父亲见太阳出，晒化屋顶上的雪，雪水从屋檐上如雨点般滴下，就拟出半边上联，叫汝玉对出下联。七岁的王汝玉立即相对，王父听后，连声叫"绝"！下联比喻形象，含意蕴藉，又与上联构思、手法吻合，可谓奇妙绝对。

杭州宝寺山麓大佛寺联

大肚能容　　包含色相
开口便笑　　指点迷途

【赏析】

　　抓住佛像外部特征，揭示内在禅意、哲理。全联形象生动，词亦有趣。

山　海　联

林则徐

海到无边天作岸
山登绝顶我为峰

【赏析】

　　据传，某年元宵节，有位私塾老师，给仅八九岁的林则徐拟出半边上联，叫他对出下联。联云："点几盏灯，为乾坤作福。"小则徐立即应声对曰："打一声鼓，替天地行威。"当时颇得老师赞赏。又一次，老师带着学生游览鼓山名胜，叫学生以"山"、"海"二字，作一副七字对联。则徐很快就作出。老师听后，又赞不绝口。诗言志，联亦可言志。此处，林则徐无论应对还是自拟对，除平仄、对仗工整外，更重要的均体现出他远大的抱负。

赞 春 联

汪先达

一树桃花红间白
两行杨柳翠饶青

【赏析】

　　联语中"红间白"，指粉红色桃花。"翠饶青"，指青翠色，即鲜绿色。颜色字用了四个，实只二种色样。"间"、"饶"二字，使本来呈静态的桃花、杨柳，变得异常生动。

学童妙对联

某学童

七黑八暗皆为夜
万紫千红总是春

【赏析】

　　"七黑八暗"，就是"黑暗"，无非镶嵌进"七、八"二字，这是成语构成的一种方法，下联的"万紫千红"，也是同样构词法。上下相比，一暗、一明，一色单、一鲜艳，一暗滞、一明快，一伤感、一乐观，对比强烈。

巧 对 联

毛先舒

五行金木水火土
七音徵羽角宫商

【赏析】

我国古代音乐有五音阶，依次为宫、商、角(juò)、徵(zhí)、羽，相当于现代音乐符号1、2、3、5、6。而在角徵、羽宫之间各出一偏音，称变徵、变宫，相当于现代音乐之4、7二音，共称七音，其基础音阶形态仍为五音之名。明白了这个道理，就知道下联以七统领五项物事，是很巧妙的了。

太虚幻境联

曹雪芹

假作真时真亦假
无为有处有还无

【赏析】

此联寓意深刻，至少有两层意思：其一，是在现象与本质意义上观察社会现象的"真假"与"有无"；其二是在绝对与相对意义上认识现实与艺术形象的真假、有无。联语词语凝练，删繁就简，极有理趣，因"亦、还"二字，使联未成回文对，显然这是表达意义的需要，但它回环往复的意味，仍能体会得出。

新婚妙对联

苏小妹 秦观

月朗星稀　今夜断然不雨
天寒地冻　明朝必定成霜

　　上联意在"今夜不雨（不语）"。下联表示"明天成霜（成双）"。此联故事是虚构的，秦观与苏小妹没有成亲的事，但对联却是一副佳作：前面大肆铺垫渲染，都巧妙地为最后的"不雨"和"成霜"服务，极合自然事理，这样产生的双关效应则更强烈和出人意料。

君臣妙对联

乾隆　纪昀

客上天然居　居然天上客
人过大佛寺　寺佛大过人

【赏析】

　　联属回文对，正读倒读，不害文意，不失平仄。联语巧用店名、寺名。论联艺有巧夺天工之妙，确为千古佳对。清末，有一书生，仍嫌对句不足，以"僧游云隐寺，寺隐云游僧"作下联，同样是妙趣横生。

店主妙对天子联

朱元璋

小村店三杯五盏无有东西
大明国一统万方不分南北

【赏析】

　　联语精用数字、方位词，对仗工稳，命意合于时宜。以"东西"对"南北"，是典型的借对，即借"东西"（物件）两字所能表示的方位（东方与西方）与"南北"对。

月下漫步联

高启 杨基

玉兔捣药　嫦娥许我十五圆
喜鹊成桥　织女约郎初七渡

【赏析】

出句对明月而发奇想，下联仰河汉而动巧思，都是取材于嫦娥奔月、牛郎织女这些民间神话。十五月圆，普照天下，偏说"许我"，很有个性；"玉兔捣药、喜鹊成桥"，为子虚之事，属奇思幻想，竟被说成真事一般。对句"初七"，指七月七日，民间称乞巧节，所幸"初"字可当数词用，也算是一巧。

相 思 草 联

苏轼 李之仪

草号相思　思岸柳眉弯腰细
花名含笑　笑石榴齿露皮斑

【赏析】

上联从"相思"想开去，所思在岸柳，柳叶眉弯，柳枝腰细；下联从"草"引出"花"来，推出"含笑"，笑那石榴果熟时裂口露子，皮色斑驳。全由"相思"二字，生发出两种形象，一正一反，耐人寻思。又用顶针、排比修辞，有声情并茂之美。

词牌巧对联

梁元锴

南乡子前　常忆秦娥寻芳草
西江月下　最念奴娇浣溪纱

【赏析】

联语是以词牌名缀成巧对。上联含"南乡子"、"忆秦娥"、"寻芳草"三词牌；下联含"西江月"、"念奴娇"、"浣溪纱"三词牌。

父子妙对联

顾鼎臣

柳线莺梭　织成江南三月锦
云笺雁字　传来塞北九秋书

【赏析】

上联，以织造作比喻，描绘江南春色：柳条如线，飞莺如梭，织成江南三月锦绣美景。下联，以鸿雁传书设喻，写塞北秋寒：云天如笺，秋雁如字，传来塞北秋寒之讯。

渡 江 联

宋文甫

树影横江　鱼游枝头鸦宿浪
山色倒海　龙吟岩畔虎鸣滩

【赏析】

联语上下均从树影、山色倒映水中构思：鱼游枝头，枝头是影；鸦宿浪尖，鸦是影。龙吟岩畔，岩畔是影；虎鸣沙滩，虎是影。察物细致，文思巧妙。联中事物搭配，树与鸦，江与鱼，山与虎，海与龙，都是一为景物，一为与之有关联的动物，显得十分严谨与和谐。

妙对知府联

袁炜

湖山倒影　鱼游松顶鹤栖波
日月循环　兔走天边乌入地

【赏析】

联语借"湖山倒影"发端，写出水中鱼在"松影"中游泳，山上鹤之影又映在波中这样一种奇绝景象，欲对实难。袁炜不愧奇才。因月有"玉兔"之名、日有"金乌"之号，而借代巧用，举重若轻，缀句成文而收合璧之妙。

老少互祝联

顾璘　张居正

雏鹤学飞　万里风云从此始
潜龙奋起　九天雷雨及时来

【赏析】

联语有叱咤风云的英雄之气。切合身份是制联中应注意的，它有两方面内容，一是合乎自己的口吻，二是合乎对方的情况。顾璘称张居正为"雏鹤"，鼓励他"学飞"，张居正称顾璘为"潜龙"，祈祝他"奋起"，用词及语气都很合适。

登山观水联

顾鼎臣

碧天连水水连天　水天一色
明月伴星星伴月　星月交辉

【赏析】

  联语用复字、顶针格，上下联前句，主语宾语交叉使用，形成"小回文"。写山水壮观宏阔，写星月恬静怡神，均如诗如画，语言简达，意境深远。

师生巧对联

刘　昌

酷日如炉云似火　烈石焚山

轻烟似缕雨如丝　经天纬地

【赏析】

  上联如炉似火，已见炎夏烈日之酷，再以烈石焚山补充，赤日更显炎热至极。下联似缕如丝，可想象出烟雨弥漫之状，又以经天纬地补足，更显得漫天细雨，不辨天地。两下相偶极为工妙，尤其经天纬地，似得神来之笔。联中两个比喻词"如、似"，交替使用，行文便生动起来了。

巧对"将军"联

莫天祐　沈龙

至勇至刚能文能武无上将军

大慈大悲救苦救难观音菩萨

【赏析】

  联语用复辞格，尤以对句出于稚子之口，才思、文思，非同小可。在生死关头，能以联相规劝，除文才之外，还要有胆量才行。

讽 教 官 联

动地惊天　脱裤打门斗五板
穷奢极侈　连篮买豆腐三斤

【赏析】
　　明清时县学中教官为最穷酸之官职，其属下除书吏外，仅一名门役而已，所以打门役屁股，于教官而言自是大事一桩。下联极写其穷况，令人读之忍俊不禁。

讽李鸿章、翁同龢联

宰相合肥天下瘦
司农常熟世间荒

【赏析】
　　李鸿章：安徽合肥人，官至大学士，职同宰相，曾多次代表清廷签订卖国条约，并有受贿之嫌。翁同龢：江苏常熟人，曾任户部尚书。清代户部尚书亦司钱谷，故称司农。当时多年荒馑，时人多归咎于他。旧时往往对名位高者以其籍贯称之，故二人有"李合肥"、"翁常熟"之称。

讥讽袁世凯挽联

起病六君子

送命二陈汤

【赏析】

六君子：杨度等六人组成"筹安会"拥袁称帝。二陈汤：袁大势已去时，拥有地盘的亲信陈树藩、陈宦、汤芗铭又相继背袁，宣布独立，袁遂气死。"六君子"与"二陈汤"又是中药名，有双关之妙。

讽吹牛拍马者联

冯梦龙

拍马

吹牛

【赏析】

故事说的虽是阴曹地府中事，实际上却是讥讽人间那些良心丧尽，心灵扭曲，毫无德行可言，一味对权势谄媚讨好，以捞取个人资本和好处的势利小人。该联简洁洗练，对仗工整。

郑板桥以联讽时联

郑板桥

饱暖富豪讲风雅

饥馑画人爱银钱

【赏析】

上联的意思是：富豪人家食饱衣暖，没有米粮之忧，就要弄诗作文附庸风雅，用以装潢门面，欺世盗名。下联的意思是：作为一个画家，应将作画看做是高尚的艺术行为，但对于一个衣食难继的画家，首先是要挣钱养家糊口，于是出现了卖画求钱的画家。上联讥讽胸无点墨的富豪，下联从侧面说明知识分子在旧社会的可怜地位。二者形成鲜明的对比，正是封建社会制度所造成的不公正现象。

讽秦桧夫妇联

咳　仆本丧心　有贤妻何至若是
啐　妇虽长舌　非老贼不到今朝

【赏析】

作者借秦桧夫妇之口的互相指责，以归咎陷害忠良的历史罪责。上联的意思是：咳！我虽然本来就丧失良心，可是如果妻子贤良，怎么能到达这种地步？意谓秦桧虽罪恶多端，王氏的责任也不容推卸。下联的意思是：呸！我虽然是长舌妇，可若不是老贼你，我也落不到今天的地步。夫妻合伙做了一笔卖国求荣、陷害忠良的肮脏交易，受到万民唾骂和指责。联中二人互相埋怨，互相怪罪，其丑恶嘴脸跃然纸上。真可以说是绘声绘形，活灵活现。作者嬉笑怒骂，别出心裁，独具一格。

讥讽老童生联

行年八十尚称童　可谓寿考
到老五经犹未熟　不愧书生

【赏析】

该联是讥讽到老也未考中秀才的老童生的。上联说，年到八十岁了还是童生，可谓高寿而考；下联说，到老五经也没有学熟，可真不愧是书生。讥讽了终生应试而未考中，又尚不知悔的老童生的迂腐和痴心。下联"书生"一语双关，既是名词，也是词组（意为"书读得生"，与前句"未熟"相照应），极妙。全联讽刺意味浓，言在此而意在彼，由讥讽人到揭露科举制度弊端，很有教育意义。

讽袁世凯、汪精卫联

国祚不长　八十多天袁皇帝
封疆何窄　两三条巷伪政权

【赏析】

　　本联把袁世凯和汪精卫两个卖国贼联系在一起，对其进行着意讽刺。袁世凯废民国建帝制，违背民愿，逆历史潮流，只做了83天皇帝就气死了，可以说是国运不长。汪精卫投靠日本人建立卖国政权，自命为主席，可疆域太窄太狭，也不过几条巷子，说明他不得民心，很快垮台。上联从时间上说反动政权是短命的，下联从地域上讲卖国贼难以立足。上下联都充满对卖国贼的仇恨和诅咒。该联主要是针对汪精卫的，预示他很快垮台，表达了人民的心愿。

谐音讥讽旧政府联

刘师亮

民国万税
天下太贫

【赏析】

　　辛亥革命迫使清朝皇帝退位，建立了中华民国。民主革命的胜利果实，又逐渐被反动军阀窃取，结果军阀混战，烽火连天；苛捐杂税，多如牛毛；百姓不堪重负，饥寒交迫。民国初期，人们满怀期望，曾高呼"民国万岁"，以为从此可以"天下太平"了。但是袁世凯称帝、张勋复辟、直奉大战，却成了真正的"民国万税"和"天下太贫"。作者利用谐音将颂语变为讥讽，给军阀一记响亮的耳光。当时该联在四川乃至全国都有很大影响。

讽时局谐联

空袭无常　贵客茶资先付
官方有令　国防秘密休谈

【赏析】

　　上联的意思是，日本侵略者的飞机说不定什么时候进行空袭，茶馆的客人生命安全没有保障，店主惟恐茶客不等支付茶资就被飞机炸死，所以一进茶馆，先收茶资。下联的意思是，官方明令，不准议论国防大事。国家兴亡，匹夫有责。然而政府却明令"休谈"国事，这除了表明当局害怕民主，不敢广开言路外；还说明他们心中有鬼，其卖国行径、媚敌事实怕传播开来，因而就以恐怖手段来压制人民。对联表面是就事论事，一副事不关己的样子，实则字里行间都渗透着讥讽与嘲谑。

改字讽权贵联

父进土　子进土　父子同进土
妻失夫　媳失夫　妻媳皆失夫

【赏析】

　　进士改为"进土"，由喜事变成咒语，对父子双中进士来说，真是大煞风景，大伤元气。妻、媳成为官夫人，对于进士父子是可喜可贺的事，却变成"失夫"为寡，可真够晦气的。好好的联语成了咒语和辱骂，这对于进士全家，无疑如挨了闷棍，吃了黄连，窝囊得很。

讥讽科举取士联

并未出房　亏得个白头发秀才
何尝中式　倒做了黑耳朵举人

【赏析】

上联说多年寒窗苦读都没有考中举人，满头白发了，还是个秀才；下联讲，秋闱又不中，皇帝老子可怜见地，赐给一个举人名额，岂不知已经是两耳昏昏的人了。

传说该联为安徽无为县某钦赐举人所写，发泄了对科举制度的不满与抗议。此联文字通达，中间的停顿利于抒发情感。

言旧社会层层盘剥联

大鱼吃小鱼　小鱼吃虾　虾吃泥　泥干水尽
朝廷刮州府　州府刮县　县刮民　民穷国危

【赏析】

该联采用比兴手法。上联以鱼、虾、泥依次相欺的事实说明在生物界存在着以大欺小、以强凌弱的现象。下联直写社会现状，朝廷搜刮州府，州府搜刮县衙，县衙鱼肉百姓，搜刮民脂民膏。民不聊生，国家危急，朝廷自然朝不虑夕。全联警示当局者不要挥霍无度、搜刮无限，同时也在哀叹百姓不堪重负、难以支撑，它是封建社会官府盘剥百姓的极好写照。

讥讽某县令联

爱民若子　金子　银子　皆吾子也
执法如山　钱山　靠山　岂为山乎

【赏析】

　　起句都是引用此县官的原联，下面分别对"子"字和"山"字进行诠释，采用县令自身的口气，诙谐有趣。上联意思是，爱民若子，其实是爱金子、银子，它们才真正是我的孩子呢！下联意思是，执法如山，我执法但靠谁钱多，何人后台硬，难道真是山吗！全联揭露了旧官僚的贪婪和枉法，很有代表性，是针砭时弊、切中要害的好联。

题土地庙讽时局联

　　夫人莫擦摩登红　　谨防特务吊膀子
　　老爷快留八字胡　　免得保长抓壮丁

【赏析】

　　上联是土地爷爷奉劝土地娘娘的话：夫人你不要抹胭脂擦口红，要小心防止特务看上你，对你无礼。下联是土地娘娘奉劝土地爷爷的话：老爷你赶快留八字胡吧，不然保长要抓你的壮丁。全联针对当时的黑暗统治，给予无情揭露和鞭挞，以土地庙泥胎对话的口气，更为辛辣和深刻。

巧改成语咒列强联

陈良琛

　　日暮可堪途更远
　　中干其奈外犹强

【赏析】

　　上联的意思是，日本侵略者是落山的太阳，还能行更远的路吗！揭示了日本侵略者已是穷途末路，亡日就在眼前。下联的意思是，侵略者虽已内部气虚力竭，但外表还是强大的，这也不能小看哟！揭露其本质，提示人们坚持斗争，不要松懈麻痹。由于成语颠倒化裁，加之语气助词的运用，整个联句就显得很有战斗力。

联句骂汉奸联

杨三已死无苏丑

李二先生是汉奸

【赏析】

该联上联只是对杨鸣玉去世表示惋惜，说因他的死所产生的苏丑空白无人填补。下联直截了当地说李鸿章是汉奸，是对他一生所为的定评。该联最突出的特点是直抒胸臆，褒贬一目了然。文字简明扼要，对仗极为工整，战斗性较强。

讥讽官样文章联

官衔有例起头大

文学无凭下气通

【赏析】

该联系讥讽官府公文或当官的署名文章，不是靠文章的质量博得众人，而是靠吓人和唬人那一套。上联的意思是，官衔本来是有定例的，但他却故意以"大起头"唬人，或在官职上、或在作者介绍上、或在开头的语气上、或在行文过程中，以此抬高自己，抬高文章。下联的意思是，在文学上、文字技巧上无凭无据，平淡无奇，像是一通屁话。

官府公文或假作斯文的官样文章，历来就有假大空的通病。这副对联，对此给予了辛辣的讽刺。

○二八

讥讽不学无术者联

一代奇书镜花绿

千秋名士杜林胡

【赏析】

本联采取将错就错的手法，将错的东西录入联中，以便引起读者捧腹大笑，笑后便是思索。该联寓冷静思索于幽默之中，由小映大，批判一段历史，是"文革"联中珍品。

讽两江总督联

两江呆人障

三省钓鱼行

【赏析】

上联归结两江一带军政吏治日趋额败的原因是"呆人作障"，既讥讽两江总督的自我标榜、自我吹嘘，又揭露两江总督尤其是刘坤一以"两江保障"为幌子欺骗上司、欺骗世人，实际上却做尽坏事，他们是自欺欺人的"呆人"。下联意思是，刘坤一等人口说"钓衡"，却连一点行动都没有，实际上是在沽名钓誉，是钓誉的行家，从而揭露了刘坤一等人的虚伪和愚蠢。采用巧妙的拆字法，增添了联语的谐趣，同时也达到了辛辣讥讽的目的。

讥讽依势待人者联

阮 元

坐　请坐　请上坐

茶　泡茶　泡好茶

【赏析】

  全联文字简朴，不加雕琢，寥寥几字，却活画出僧人趋炎附势的心态神情，人们可以从僧人想到世人。本联讥讽僧人，也讥讽世俗，嬉笑中针砭时弊，是一剂匡正世风和医治流俗的良药。

吴淞间缙绅联

一二三四五六七

孝悌忠信礼义廉

【赏析】

  战国时思想家尹文称"孝、悌、忠、信"为四行，春秋时政治家管夷吾称"礼义廉耻"为"四维"，这八个字在封建社会一直被奉为行为准则。可联语少了一个"耻"字，"无耻"！上联七个数，没有"八"字，"亡八"。全联意为"亡（王）八无耻"，是老百姓痛骂贪官污吏、土豪劣绅、文痞讼棍的快语，词语虽欠雅，倒也切中要害，痛快淋漓。

巧 对 联

廖道南　伦以训

人心不足蛇吞象

天理难亡獭祭鱼

【赏析】

  联语暗以籍贯相讽。伦以训是广东人，那里称蛇蛮之地，上联以蛇代伦，讥笑他贪心不足。廖道南是湖南人，那里水产丰富，民间多晒鱼干，常以干鱼讥笑人，下联的鱼指廖道南，说他升迁，如同被贪吃的獭祭祀一样，最终没有好下场。獭祭鱼，见《礼记·月令》，獭贪食，常把捕到的鱼陈列在水边，如陈物而祭祀一般。

中丞筹办妓捐联

大中丞借花献佛
小女子为国捐躯

【赏析】

清光绪间某中丞以增加国库收入为名筹办妓捐，使妓业合法化，有人以此联进行嘲讽。

此联命意正大，直刺时弊，短而有力。联中一些词有专指的谐趣：花，为妓业之称；佛，指慈禧太后（人称"老佛爷"）；捐躯者，卖身也，形容从妓的小女子，再恰当不过了。

王畏岩巧讽六秀才联

王畏岩

六秀才只通六窍
万景楼遗臭万年

【赏析】

清末嘉定中学堂内，有六个秀才教师，名为先生，实则不学无术。百姓都很讨厌他们。一天，同游嘉定城外高标山万景楼，游兴所至，共同凑了一副对联，贴在楼上："六秀才同游一日，万景楼从此千秋"。当地名士王畏岩特别厌恶这六个狂妄无知之徒，于是作了这副对联。说"六窍"是隐切"一窍不通"；说"万景楼遗臭万年"，那是指他们的那副对联在楼上万年遗臭。联语用复辞、隐词格的手法，进行讽刺，有令人回味的意趣。

嘲安徽霍山县令祝寿联

佚名撰

　　大老爷做生　银也要　钱也要　红白兼收　何分南北

　　小百姓该死　麦未熟　稻未熟　青黄不接　有甚东西

【赏析】

　　在写作手法上，该联全用反对法。"小百姓"反对"大老爷"，"该死"反对"做生"，"青黄不接"反对"红白兼收"，"有甚东西"反对"何分南北"，用语针锋相对，含意深刻，创作上的艺术手法运用是十分成功的。

福建福州鼓山涌泉寺弥勒座联

王廷琤

　　日日携空布袋　少米无钱　却剩得大肚宽肠　不知众檀越　信心时用何物供养

　　年年坐冷山门　接张待李　总见他欢天喜地　请问这头陀　得意处是甚么来由

【赏析】

　　这副对联用语通俗、幽默、诙谐。联语构思精巧，匠心独运，对于佛门圣地的大菩萨也极尽褒贬之意。但不用一般的铺陈叙说，而是褒中夹嘲，贬内又含笑。妙绝。

　　在写作手法上，该联的显著特点是设问法的运用恰到好处，把对联中蕴含的诗情、哲理、褒贬……留与世世代代读者去思索、去品味、去回答。

讽县令王寅门联

佚名 撰

王好货　不论金银铜铁
寅属虎　全需鸡犬牛羊

【赏析】

　　这副对联，在创作手法上有如下三个特点：一是用典恰到好处；二是比喻形象生动；三是首嵌法的运用。这里将王寅二字分别嵌藏于联首，如不细看，难解联意，如若详加分析，则有谜语风味，非常吸引人，解得联意之后，颇能愉悦身心，给人以痛快之感。

爱国志士自题联

佚名 撰

内无相　外无将　不得已玉帛相将　将来怎样；
天难度　地难量　这才是帝王度量　量也无妨。

【赏析】

　　上联拟伊藤博文嘲笑口气，傲气凌人，不可一世。下联拟李鸿章辩解口语，对李鸿章打肿脸充胖子，恬不知耻地装出宽宏大量的媚态进行了辛辣的嘲讽。全联使伊藤的狂妄贪凶和李鸿章的厚颜无耻跃然纸上，足以省人。

慈禧太后生日联

章炳麟

今日到南苑　明日到北海　何日再到古长安　叹黎民膏血全枯　只为一人歌庆有

五十割琉球　六十割台湾　而今又割东三省　痛赤县邦圻益蹙　每逢万寿祝疆无

【赏析】

1904年夏历10月10日，是慈禧太后70岁生日。她荒淫无耻地强令全国为她祝寿。章炳麟作对联予以有力的讽刺。上联连用三个"到"字，点明慈禧太后不顾人民死活，贪图享乐的几件典型事例。下联扣住慈禧太后每一次生日时所发生的每一个令人痛心的史实，揭露和控诉她给国家、给民族造成的灾难和危害。该联的特点是语言辛辣，笔触犀利，对比巧妙，特别是将无耻文人阿谀慈禧"一人有庆，万寿无疆"的媚语，颠倒用之，其修辞效果真是妙不可言。

蒲松龄故居画像联

郭沫若

写鬼　写妖　高人一等

刺贪　刺虐　入骨三分

【赏析】

上联称赞蒲松龄写的关于狐仙妖鬼的小说故事，思想格调比一般文人墨客写的文章要高出一筹；下联则进一步指出他讽刺贪官污吏嬉笑怒骂皆成文章，写得极为深刻有力。此副对联寓意深刻，语言诙谐，对偶工整，笔力雄健，堪称佳作。

"智通寺"门联

曹雪芹

身后有余忘缩手
眼前无路想回头

【赏析】

　　这副对联的特点是语浅而意深。它的深层意思在于：一是联中的"忘缩手""想回头"，词意深远，耐人寻味。二是该联为贾雨村所见所思，联系一下贾雨村在宦海中的沉浮，又何尝不是对他本人在日后仕途上事先给予的一个严重警告！三是对联对破寺老僧所处的荒凉之景的装点，实际上是对宁荣二府未来衰败之景的暗示。四是对联写得辞浅而意深，反映了作者对社会的深刻了解和对现实生活的熟悉，没有作者的生活阅历和对世道的深谙，此情此景和切合此情景的对联是写不出来的。

讽西太后联

佚名撰

垂帘廿余年　年年割地
尊号十六字　字字欺天

【赏析】

　　这副对联虽然简短，然而讽刺十分有力，字字如刀直刺慈禧。上联追述史实，指斥慈禧腐朽无能，割地求和，丧权辱国，清室为最；下联揭露慈禧尊号的虚伪性，考其言行，无一字相符，她权欲、淫欲、贪欲、名利欲、嫉妒欲等等，古今少有地集于一身。真是字字欺天。

宋湘羞举子联

宋　湘

东鸟西飞　满地凤凰难下足
南麟北跃　遍地虎子尽低头

【赏析】

　　据传，广东梅县宋湘，是位岭南才子。一次，他进省城过考时，许多举子欺负他，刻薄地拟出半边上联，叫他对下联。出完上联，他们哈哈大笑。哪知宋湘应声相对。这突如其来的反击，使他们暗暗羞愧，并赞许他的才思敏捷。

　　宋湘才思敏捷，下联与上联针锋相对，不但内容对得恰切，而且气势雄兀，较上联更高一筹。妙极！

戏挽袁世凯联

总统府　新华宫　生于是　死于是
推戴书　劝进表　民意耶　帝意耶

【赏析】

　　袁世凯妄图称帝，结果遭到全国人民声讨，不久帝位夭折，自己亦郁郁而死。故某生巧作此联，暗加讽刺，真是讽意入木三分。

巧讽主考官联

左丘明两眼无珠
赵子龙一身是胆

【赏析】

清代科举考试，弊端层出无穷。康熙年间，一次江南乡试，正主考姓左，副主考姓赵，受贿将富商程某等数人录为举人。落第的考生不服，便把一尊财神塑像抬到文庙，又将科场大门上的"贡院"匾额，改成"卖完"二字，当作横披。然后在大门两旁，贴出一副如上对联。这样一闹，左、赵二人，都受到严惩。

此联用典奇妙，切合二主考姓氏，痛骂左某"两眼无珠"，录取不才；又揭发赵某"一身是胆"，贪财枉法。全联构思用意，贴切精妙。

巧讽慈禧联

章太炎

万寿无疆　普天同庆
三年败绩　割地求和

【赏析】

慈禧生日，章太炎拟出此联进行讽刺，真堪入木三分。

口大欺天联

少目焉能评文字
欠金安可望功名

【赏析】

　　清乾隆时，有个吴省钦，为直隶学政，一向玩权受贿，士人恨之入骨。某年乡试，他又被任命为主考。有位穷秀才，无钱贿赂，自知无望，于是就愤然在考场门口，拟题一匾一联。这一匾一联，弄得那位吴大人名声扫地，无法混下去，清廷也只得在临试时，撤其主考，另找别人代替。

　　此匾此联，巧将"吴省钦"三字拆开，分解成句，词语紧切人事，讽刺极为深刻、自然。

讽 粪 税 联

郭沫若

自古未闻粪有税
而今只有屁无捐

【赏析】

　　据传，郭沫若十四岁时，他离家到乐山去念书；进城时，目睹守门官吏、衙役，见老百姓挑一担粪，也要捐上一个铜板。他一气之下，就写出这副讽刺性尖锐的对联，以表示抗议。

讽 本 钦 联

一木焉能支大厦
欠金何必起高楼

【赏析】

　　清代长沙有个巡抚，名叫陈本钦。他在任职期间，突然提出要重修自己的书院和楼房；于是巧立税捐名目，进行搜刮民财。待修建完工后，有人将"本钦"二字，拆开写出此联，加以讽刺。

兵败山海关联

八哨勇同行　幸免头颅葬冀北
半文钱不值　有何面目见江东

【赏析】

昔湖南巡抚吴大澂，平日好谈兵法，并以枪法自负。某年东事起，朝廷令吴领兵出山海关，与日本作战，结果战败。经朝议夺职，仍回湖南继任。当时某氏拟出此联，进行嘲讽。

联语辛辣，爱自夸兵法者足戒。

槐 树 联

君王有罪无人问
古树无辜受锁枷

【赏析】

古树：这里是指北京景山东麓之槐树。崇祯十七年，李自成率农民军攻入北京，崇祯帝仓皇出逃，在景山（煤山）东麓的一棵槐树上自缢身死。后来，清兵占领北京后，清统治者为收买人心，认为崇祯之死，罪在"槐树"，故用铁链锁住此树。

作者拟联，采用对比手法，讽喻更为深刻有力。

挽讽秦桧联

秦涧泉

人从宋后羞名桧
我到坟前愧姓秦

【赏析】

秦涧泉，江苏南京人。清乾隆状元，官至侍讲学士。上联"人从宋后"是推广而论，"羞名桧"，是指人皆以起名"桧"而感到羞耻。下联"我到坟前"切时切地，切人切情，作为秦氏后裔，见先祖跪地遭人唾骂，自然而生"愧姓秦"的感慨，既有自惭之情，又有自解之意。此联构思新巧，立意深刻，既切合身份，又不失身份，尤为可贵的是作者毫不忌讳，观点明确，虽无一字谈秦桧所作所为，但"羞名桧"、"愧姓秦"六字分量足矣。联语直言秦桧之名，不仅置之句末，还将其名姓颠倒，寓意更为深矣。

炭　联

徐宗干

一味黑时犹有骨
十分红处便成灰

【赏析】

作者借炭燃烧前后的变化，运用"隐曲"的修辞法撰联，含而不露地嘲讽了旧时那些在官场宦途上迷醉于利禄者。这些人未曾发迹也即"黑"得还不为人所知时，还不至于那样低三下四、奴颜婢膝，可是当他们有朝一日平步青云后，马上变得骄横跋扈，不可一世。但是，物极必反。这类得意忘形的小人必将因其丑行恶迹而遭人唾骂，最终难逃脱"十分红处便成灰"的下场。

讽"公局"联

石达开

公肥几只狗

局瘦一方民

【赏析】

石达开,广西贵县人。太平天国名将,封为翼王。此联讽地主恶霸所开设的"公局",一针见血地揭穿"公局"敲诈勒索、中饱私囊的实质,怒斥土豪劣绅形同畜牲。"公"取公然之意,"局"取骗局之意,"肥"、"瘦"之对,有如匕首,极富战斗性。

妙讽国民政府联

顾此失彼

问东答西

【赏析】

此联主要讽刺抗战时期,民国政府仍大量设置各类顾问、专员、参议等闲职,只领薪水,不负实际责任。联语上下联当句成对("失彼"对"顾此","答西"对"问东"),出、对句又互相对仗,十分工切。寥寥八个字,使这些庸吏之态,跃然纸上。

讽挽光绪与西太后联

秀 才

洒几点普通泪

死两个特别人

【赏析】

1908年,清光绪皇帝与西太后相继去世。朝廷下令各家各户都要贴挽联,当时一个读书人贴了这副对联。这副对联的格调，用现在的话说，就是"调侃"。"普通"、"特别"两个字，是既普通又特别的传神之处。

巧讽洪承畴联

君恩深似海矣

臣节重如山乎

【赏析】

明朝大臣洪承畴与清军作战被俘投降，后在清朝为官。他仕清后，曾自书门联：

君恩深似海

臣节重如山

有人在两联之末分别加上"矣"、"乎"二字，将洪联表忠心的意思完全转个儿，变作辛辣讽刺。这种将别人的联语添上尾巴的形式，称为"续句联"。续句联多含讽刺、谐趣，以续成之后恰与原联意义相反者为佳。

嘲讽知府联

一目不明　开口便成两片

草头割断　此身应受八刀

【赏析】

清代汉阳知府梁鼎芬借办新政损害商民，有人在其衙门贴此联相讽。上下联分别将"鼎"、"芬"作拆字格处理，另有横额"黄粱一梦"，切其姓氏。

故宫太和殿联

乾　隆

龙德正中天　　四海雍熙符广运
凤城回北斗　　万邦和协颂平章

【赏析】

　　太和殿即俗称之金銮殿，为明清历代帝王举行大典之处。龙德：即帝德，旧时以帝王为龙身。雍熙：和乐，形容天下太平。凤城：即帝城。平章：亦作"便章"、"辨章"，辨别章明之义。此联张悬于太和殿这样显赫之处，又是出于帝王之手，正当得上冠冕堂皇的评语。

故宫三希堂联

乾　隆

深心托豪素
怀抱观古今

【赏析】

　　上联出自南朝宋颜延之《五君咏·向常侍》："向秀甘淡薄，深心托豪素。"豪素：即毫素，指笔和墨。下联谓在鉴赏之中体味古今贤人的胸襟抱负。

南京莫愁湖联

刘　淳

明月几时有　　更上层楼　　听棋子声中　　谁操胜算
美人犹未来　　且摇小艇　　向藕花香里　　自遣闲情

【赏析】

观上、下联，分明有一个"我"在听英雄棋盘落子（湖边有胜棋楼，传为明太祖朱元璋与大将徐达在此赌棋，徐达赢棋，太祖遂将莫愁湖赐他），且与美人相约。有胜负待决的悬念，又有水上花间闲情，读来有声有色。

贵州修水龙岗山阳明洞联

王阳明

刚日读经　柔日读史
十年树木　百年树人

【赏析】

明代王阳明被贬为龙场驿丞时居于此地，且曾在此聚徒讲学。刚日、柔日：每月十日中一、三、五、七、九日，即奇数日，为刚日；二、四、六、八、十日，即偶数日，为柔日，见《礼记·曲礼上》。将经、史分开研读，为古人读书习惯。十年树木，百年树人：语出《管子·权修》。

故宫中和殿联

乾　隆

仁寿握乾符　万国车书会极
中和绵鼎篆　九天日月齐光

【赏析】

君命神授是乾隆皇帝在众多宫廷题联中反复强调的一个主题，此联则进一步道出了神授的两个法宝：仁寿（施以仁政以图长治久安）与中和（适中恰当，协调和顺）。乾隆皇帝通过此联告诉人们：仁寿就是我掌握的乾符，也是我一统天下的根本准则；中和就是我所秉承的鼎篆，它如同日月普照人间。仁寿与中和都是儒学的精要，乾隆皇帝的治国思想，于此可窥一斑。极，在此联中是个仄声（入声）字，不能读平声（阳平）。

故宫保和殿联

乾　隆

凝鼎命而当阳　圣稷同符日月
握乾枢以御极　泰阶共仰星云

【赏析】

　　此联是自我标榜之作。设辞玄奥，语气从容。大意为：我治理天下是上天的旨意，这就如同日月运行一样明确无误；我称帝执掌皇权以来，使得国泰民安，受到了人们的景仰。此联内容苍白无力，却在遣辞造语上独见功夫，使得字里行间隐然透出一股稳健的霸气。按："极"字读入声则叶(xié)。

故宫乾清门联

康　熙

帝座九重高　禹服周疆环紫极
皇图千祀永　尧天舜日启青阳

【赏析】

　　此联作者以极雅致的语言，极形象地讲述了极普通的道理：人民群众（老百姓）是政权稳定持续的基本因素。此联作者能清醒地认识到这个至关重要的问题，是难能可贵的。

　　极，在此联中是个仄声（入声）字，不能读平声（阳平）。

故宫养心殿联

乾　隆

旭日射铜龙　上阳春晓
和风翔飞燕　中禁花浓

【赏析】

　　"旭日射铜龙"，笔意刚健，令人仿佛能见得到日光直射铜龙之时所发出的光彩。"和风翔飞燕"，和风之中斜划过一只飞燕，又给景象平添了一份轻柔之美。刚健与轻柔交织在春晓花浓的上阳禁中里，构成了全篇意境的和谐美。

故宫昭仁殿联

康　熙

风奏南薰调玉轸
霞悬东壁灿瑶图

【赏析】

　　此联，看似写景，细敲南薰、东壁，可知全联是在歌颂文治，教化民众的各项举措，就像和煦的南风奏响动听的乐曲；典籍中蕴含的宝贵思想，灿若云霞，为我们描绘出了美好的蓝图。全联笔调高雅，语气稳健，意境美妙。

北海大悲真如殿联

乾　隆

日月轮高　眄七宝城如依舍卫
金银界净　涌千华相正现优昙

【赏析】

　　作者先说京城与佛教的密切关系，再写大悲真如殿的佛事之盛。全联意在扬佛。

　　佛寺楹联，大都采用佛家术语，表述玄奥的内容。如果不是对佛学有着广博的知识和深刻的理解，是不易撰写出好的佛寺楹联的。就此联而论，没有半点儿令人开悟或启人心智的东西，惟在形式上，采用了一些佛家语汇装点门面而已。

金鳌玉蝀东桥联

赵　翼

玉宇琼楼天上下
方壶圆峤水中央

【赏析】

　　明清时期，是我国古典园林发展过程的晚期，造园家们所奉行的是"壶中天地"的造园原则。再现仙境，更是造园家们潜心追求的目标。此联虽写临桥所见，却也高度地概括了当时园林建构的神髓，在园林文化发展史上具有重要意义。

圆明园九洲清宴殿联

乾　隆

所无逸而居　　动静适征仁智
体有常以治　　照临并叶清宁

【赏析】

　　作者提出了作为帝王应注意的四个方面：第一，在生活上，不能荒淫放荡；第二，行为举止，都要符合仁智；第三，治理天下，要体会上天运行的规律；第四，体察社会，使其更加清净安宁。将其悬于殿中宝座两侧，既用以自勉，也可激励群臣，奋发向上，以期携手共赴强国之途。

颐和园佛香阁联

鉴映群形润万物

贯穿青琐带紫房

【赏析】

此联是联坛妙品。上联形容佛法广大，下联形容香气缭绕，全联则暗嵌"佛香"二字。又，上联写清，下联写风，全联则暗嵌"清风"二字。又，上联写清水泽被天下，下联写春风浩荡吹拂，全联则暗寓"皇恩"二字。

颐和园乐寿堂联

乾　隆

乐在人和　肯寄高闲规宋殿

寿同民庆　为申尊养托潘园

【赏析】

颐和园的乐寿堂，在乾隆时期属清漪园，是乾隆皇帝为他的生母六十寿辰而修建的。此联为乾隆皇帝在乐寿堂建成之后题写的。联中表白清漪园的"乐寿"与赵构的"德寿"有本质的不同。清漪园的"乐寿"是由于在地理上确实是依山傍水，名副其实。

承德避暑山庄万壑松风联

纪　昀

八十君王　处处十八公　道旁介寿

九重天子　年年重九节　塞上称觞

【赏析】

　　出自清代著名学者和文学家之手的这副对联，抓住了时地的景物特点，物以"松"为主体，人以"寿"为祝颂，构成了一幅"万壑松风"、"称觞介寿"的风物画图。联内以"八十"对"十八"，又以"九重"对"重九"，这种颠倒对仗手法的运用，使全联在平白自然中见工巧，在严谨之中显现出飘逸的韵味。

山 海 关 联

两京锁钥无双地
万里长城第一关

【赏析】

　　山海关是长城东端的重要关隘，位于今秦皇岛市东北，北依燕山，南临渤海，因以得名。而这副对联便是对山海关简明扼要而又传神的介绍和描绘。"两京锁钥"说明山海关在军事上的极端重要性，突出了它扼守门户的特殊地位，由此引出了"无双地"的评价，便有理有据。

太原明远楼联

张之洞

秋色从西来　雁门紫塞
明月几时有　玉宇琼楼

【赏析】

　　太原的明远楼，又称为贡院，是封建时代进行科举考试的地方。明清两代科举乡试的时间由唐代的春夏之交改在秋天八月进行，称为秋闱。这副对联就是由太原贡院的秋闱引发而写的。上联抓住了时、地的特点，给人以肃爽凝重的感觉；下联化用苏轼著名的中秋词《水调歌头》，这种"把酒问青天"和"高处不胜寒"的深沉思绪与对仕途和人生的嗟叹大概不会无关吧。

扬州史可法祠联

严问樵

生有自来文信国

死而后已武乡侯

【赏析】

　　用类比之法成联，令史可法与文天祥、诸葛亮二人相比肩，只字不言史公而句句言史公，是此联妙处。清人梁章钜评此联云："自是天造地设语，他有作者，不能出此范围"。

蓬莱蓬莱阁联

刘海粟

神奇壮观蓬莱阁

气势雄峻丹崖山

【赏析】

　　对联分咏蓬莱阁和丹崖山，赞美蓬莱阁"神奇壮观"，称颂丹崖山"气势雄峻"，字里行间透出一股壮美崇高之气，寄托了一股挺拔开阔、积极向上的情思。此中用语，铿锵有力，以论断式的评说表达强烈的感情，造成了"指点江山"的气势，不愧是丹青大家的手笔。

泰山极顶联

王 讷

地到无边天作界
山登绝顶我为峰

【赏析】

泰山极顶，即泰山最高处。这副对联可以说是别开生面，发人欲发而难发、抒人欲抒而难抒之情。

洛阳白马寺联

风调雨顺
国泰民安

【赏析】

我国古代以农业立国，而农业收成的好坏，在很大程度上决定于天时，即所谓靠天吃饭。所以，人们企盼风调雨顺，天公作美，五谷丰登，生活幸福。而国泰，又是生活幸福的社会条件。一个自然条件，一个社会条件，缺一不可。对联反映了千百年来广大劳动人民渴求美好生活的愿望，语言通俗易懂，至今仍用。

高密郑康成祠联

金岱峰

微言守遗　当奉大师为表帜
实事求是　敢从二氏问薪传

【赏析】

郑康成祠即郑公祠，是为纪念东汉著名经学家郑玄在他的家乡高密郑公后店村而建的。这副对联分别对郑康成"微言守遗"地研究经学的治学精神和"实事求是"的研究经学的治学态度以及取得的卓著成就给予了充分的肯定，并称赞他为经学大师当无愧于学人的表率，并与著名学者马融、何休一脉相承，成为经学史上里程碑式的人物。本联以事论人，立论有力，于工整的对仗中油然而生敬佩之情，取得了理与情相表里的艺术效果。

南阳医圣祠联

沈济苍

勤求古训

博采众方

【赏析】

联语概括了医圣张仲景对我国及世界医学的重大贡献，并说明这些成就来自他的"勤求"与"博采"，圣之为圣，是因为他倾注了全部身心和毕生心血。

南阳武侯祠联

顾嘉衡

心在朝廷　原无论先主后主
名高天下　何必辨襄阳南阳

【赏析】

此联立意新颖，评说别开生面。作者告诉人们，诸葛亮对蜀汉忠心耿耿，"鞠躬尽瘁，死而后已"。诸葛亮功高北斗，名垂宇宙，是中国历史上的杰出人物。既然如此，又何必无休止地争论他的出生地是襄阳还是南阳呢？对联作者看大端而舍末节，识见高超脱俗。

巩县杜甫墓联

龚依群

以忠爱为心　国步多艰　匡时句出惊风雨
为生民请命　痌瘝在抱　警世诗成泣鬼神

【赏析】
　　杜甫是伟大的现实主义诗人，称为"诗圣"。忧国忧民，既维护国家民族的完整统一，又同情社会离乱状况下悲苦无告的百姓，是杜甫诗歌的主题。上联描写诗人爱国之志，下联表述诗人忧民之思。联语是对杜甫诗歌的概括总结，也是对杜甫品格的高度评价。诵联语，联想其诗，追忆其人。

岳 阳 楼 联

对月临风　有声有色
吟诗把酒　无我无人

【赏析】
　　上联写登上岳阳楼，临风赏月，有声有色，声色迷人。下联写把酒吟诗，心物交融，物我两忘。此景此情，何以写之？陶渊明《饮酒》诗"此中有真意，欲辨已忘言"，或可得之。联语八个动宾结构平仄成对，有节奏，有韵味。

广州黄花岗七十二烈士墓联

黄　兴

七十二健儿　酣战春云湛碧血
四百兆国子　愁看秋雨湿黄花

【赏析】

上联概括起义情况。革命党人攻打两广总督衙门，经过一昼夜激战，有七十二位健儿英勇地倒在血泊中。下联写国人对烈士的怀念。四亿同胞，面对秋雨黄花，无限沉痛，无限悲悼，无限怀念。秋雨，比喻黑暗统治势力。作者黄兴参加领导了广州起义，所以此联倾注了作者的感慨与哀思。

广州黄埔军校旧址联

升官发财　请走别路
贪生怕死　莫入此门

【赏析】

1924年5月，孙中山创办了黄埔陆军军官学校，培养革命军事干部。这里"党纪似铁，军令如山"（黄埔军校另一楹联），是以革命为宗旨，培养革命人才的地方。想升官发财的人，请到别的地方去找；贪生怕死的人，不要到这里来。联语阐明了黄埔军校的性质。议论从否定角度生发，用语通俗而有凛然不可犯之气。

泸定铁索桥联

朱　德

万里长征犹忆泸关险
三军远戍严防帝国侵

【赏析】

　　上联回忆了当年红军飞夺泸定桥的可歌可泣的英雄事迹；下联告诫戍边的人民解放军官兵，一定要时刻警惕，严防帝国主义的侵略。全联居安思危，语重心长，表现了朱德同志高瞻远瞩的宽广胸怀。

凤阳大龙兴寺联

朱元璋

大肚能容　容天下难容之事
开口便笑　笑世间可笑之人

【赏析】

　　此联悬于北京潭柘寺、扬州天宁寺天王殿等多处，是影响很大的一副联。大旨是面对胖弥勒祀像传移感情，把作者情感移入祀像，加以形容，使之与观众、读者沟通。联语整体妙在发挥"移情"的作用，又具体运用了"顶真"的技巧，显得音调铿锵而格调乐观，并能给人以人生哲学方面的思考。

德阳庞统祠联

明知落凤存先帝
甘让卧龙作老臣

【赏析】

　　上联赞颂了庞统用生命保护刘备的壮烈义举，下联颂扬庞统让贤的高尚品格。全联着重从庞统的死来揭示其忠肝义胆，表现了作者对庞统的崇敬之情。

杭州岳飞墓联

徐氏女

青山有幸埋忠骨
白铁无辜铸佞臣

【赏析】

  此联直抒胸臆，淋漓尽致地抒发了人们爱憎分明的感情，表达了国人对民族英雄的无比崇敬和怀念，及对卖国贼的无比憎恨的心情，有着深刻的思想内容。

山海关孟姜女庙联

文天祥

秦皇安在哉　万里长城筑怨
姜女未亡也　千秋片石铭贞

【赏析】

  这副对联充满了感情，爱憎鲜明。上联说，秦始皇如今在哪里呢？他因为修筑万里长城而使人民怨恨；下联说孟姜女并没有死啊，望夫石上铭刻着她的忠贞流传千秋。

楚霸王爱妾虞姬联

倪元璐

虞兮奈何　自古红颜多薄命
姬耶安在　独留青冢向黄昏

【赏析】

  项羽被汉军围困垓下（今安徽灵璧南）时，哀叹大势已去。项羽歌罢，虞姬以歌和项羽。上下联平顶，巧嵌"虞姬"二字。全联描写虞姬红颜薄命，情景凄凉。

湖北石首秀林山刘备与孙夫人合祠联

刘　备

锦绣江山　半壁雄心敌吴魏
风云儿女　千秋佳话掩甘糜

【赏析】

上联是描写刘备抗击吴、魏的雄心壮志，下联是描写刘备与孙夫人同甘共苦的真诚感情，全联重点是描写刘备的情与志。

陕西咸阳荆轲墓联

荆　轲

身入狼窝　壮士匹夫生死外
心存燕国　萧寒易水古今流

【赏析】

此联写荆轲带着秦逃亡将军樊於期的头和夹有匕首的督亢（今河北易县、涿县、固安一带）地图，作为进献秦王的礼物。献图时，"图穷匕首见"，刺秦王未遂，而被杀死。高度概括出荆轲的胆略，以及他慷慨的壮士气概。

北京通县运河河楼联

程德润

高处不胜寒　溯沙鸟风帆　七十二沽丁字水
夕阳无限好　对燕云蓟树　百千万叠米家山

【赏析】

上联写水道纵横多如"丁"字形，"高处不胜寒"用苏轼词句，以衬河楼之高，以沙鸟飞鸣，风帆高悬，勾勒出极目远眺的河中之景，境界开阔淡远，有着水天一色的绘画效果。下联"夕阳无限好"用李商隐诗句，以夕阳、白云、绿树、青山组合成一幅色彩纷呈而又井然有序的立体画卷。此联巧借古句，以抒己意，落笔破题，明心见志，给人以极美的观感和极深的印象。

浙江杭州云栖寺联

苏　洵

水自石边流出冷
风从花里过来香

【赏析】

作者将诗意的感受"冷"、"香"藏于具体可感的形象之后，透过审美媒介"水自石边"、"风从花里"，以唤起读者的自我想象，从而使人们不得不叹服"流出冷"、"过来香"，确是极具韵味的神来之笔。

浙江府贡院联

阮　元

下笔千言　正桂子香时　槐花黄后
出门一笑　看西湖月满　东浙潮来

【赏析】

  贡院是科举进行乡试的场所，在此考试被选中的则为"举人"，即常说的"中举"，其考试时间在秋季。此联首先点出时间为"桂子香时，槐花黄后"，正是"下笔千言"抒怀写意的好时节，接着又写"出门一笑"，喜看"西湖月满，东浙潮来"，实际是对入场考生的激励和鼓舞，以"月满"喻称心，以江潮喻心潮。作者用心良善，措辞典雅，诗意浓郁，实为佳联。

南京莫愁湖公园内有胜棋楼联

朱元璋

世事如棋　　一着争来千古业

柔情似水　　几时流尽六朝春

【赏析】

  相传明太祖与徐达曾在此下棋，朱元璋输后便将湖送给徐达。此联表现了朱元璋取得天下后的欣喜与感慨。上联以棋局喻世事，以棋高一着可胜论述自己成功的原因，寓庄于谐，得意之情溢于言表。三国的吴，东晋，南朝的宋、齐、梁、陈都在南京（旧称建康、建业）建都，历史上合称"六朝"。下联以湖水喻柔情，在感叹江山兴废无常的同时，也表现了封建帝王在强悍之外也有几分柔情，也有作为普通人的恻隐之心。

题江苏南京秦淮河风月亭联

朱元璋

佳山　佳水　佳风　佳月　千秋佳地

痴声　痴色　痴梦　痴情　几辈痴人

【赏析】

  南京是六朝古都，秦淮河横贯古城，歌楼舞榭，骈列两岸，画舫游艇，纷集其间，是当时豪门贵族、官僚士大夫享乐游宴的场所。联语中"佳"、"痴"二字五次重复，以"佳"字的反复强调秦淮河自然环境的优美，以"痴"字的连用刻画秦淮游客的心态。"五色令人目盲，五音令人耳聋"，一味纵情声色，必将玩物丧志，作者联末"几辈痴人"的感叹发人深思。

广东广州萝岗寺联

海　瑞

石磴泉飞山愈静
洞门云掩昼多阴

【赏析】

　　上联采用虚写有声的手法，万籁俱寂而偶有声响作反衬，显出山间更加幽静。下联写山洞的高深，用白云掩洞的具体形象描绘了洞穴的清幽。全联突出了禅寺超尘绝世的意境。

湖南岳阳楼联

李东阳

吴楚乾坤天下句
江湖廊庙古人情

【赏析】

　　"天下句"，传诵天下之名句。指杜甫《登岳阳楼》诗"吴楚东南坼，乾坤日夜浮"句。范仲淹《岳阳楼记》："居庙堂之高，则忧其民；处江湖之远，则忧其君。"表现了无论从政还是退隐，均忧国忧民的感情。联语借古人诗语，抒自己心志，给人印象极深。

山东曲阜孔府联

李东阳

与国咸休　安富尊荣公府第
同天并老　文章道德圣人家

【赏析】

　　上联写"公府第"生活安定，家道富有，地位崇高荣耀，与国家同享福禄。下联写"圣人家"的"文章道德"，也即指孔子创建的儒学精神，将万古流传，与天下同存。此联语意深沉，气度非凡，极切孔府。更有趣的是联语后由纪昀书出，他故意将"富"字上面的一点漏写，而又将"章"字下面的一直穿过"日"字，与上面"立"字的一点相连，其意蕴为"富贵无头"，"文章通天"。

杭州吴山极目阁联

徐　渭

八百里湖山　知是何年图画
十万家烟火　尽归此处楼台

【赏析】

　　作者大气磅礴地抒发了自己的所见和所思。所见即上联的发问：八百里的湖光山色，是何年造物主将你画就？所思即下联的结论：十万家的袅袅炊烟，置身此处楼台一目了然。赏读此联引人遐想，使人兴味盎然。

浙江杭州于谦祠联

王守仁

赤手挽银河　公自大名垂宇宙
青山埋白骨　我来何处吊英贤

【赏析】

　　"挽银河"喻消除战乱，拯救社稷。"赤手"强调于谦孤军奋战、赤胆忠心的可贵品格。"公自"句化用杜甫"诸葛大名垂宇宙"句意，表达了对于谦功绩可与诸葛亮相比流芳千古的敬重之意。因于谦被害之后尸骨易地，所以下联发出了"何处吊英贤"的慨叹，这既是对于谦被诬惨遭英宗杀害的愤懑与不平，也含有于谦的英魂长留于处处青山的颂扬之意。全联语浅意深，炽热之情溢于言表。

曹娥孝女庙联

徐　渭

事父未能　入庙倾诚皆末节
悦亲有道　见我不拜也无妨

【赏析】

　　上联指出：既然你没有侍奉父亲的孝心，那么来此倾尽诚心烧香礼拜，不是本末倒置吗？下联代曹娥而言：如果你真有办法使双亲得到欢愉，那么见了我也用不着顶礼膜拜了。此联借孝女曹娥之口，无情地揭露了假道学的虚伪本质，讽刺了淡薄的世态人情，构思新颖，发人深思。

题 赠

自 励 联

胡寄垣

有志者事竟成　破釜沉舟　百二秦关终属楚
苦心人天不负　卧薪尝胆　三千越甲可吞吴

【赏析】

　　"破釜沉舟"最早见于《孙子·九地》："焚舟破釜，若驰驱群羊而往。"西楚霸王项羽曾用此法，"置之死地而后生"，大败秦兵。春秋时越王勾践战败，以"卧薪尝胆"刻苦自励，志图恢复打败吴国。此联用熟语，用典故，对仗工整，结合自然，寓意深刻，气概不凡，充分表现了作者坚忍不拔的意志和百折不挠的毅力。

题 官 署 联

余 玠

一柱擎天头势重
十年踏地脚根牢

【赏析】

　　此联是余玠初到任时，为行署大门撰写的。"一柱擎天"比喻可担负重任的栋梁之才。"头势"，指形势。"踏地"即"脚踏实地"之略语，指做事稳健切实，不浮夸。此联的横额为：靠实功夫。横额与联语互为烘托，愈见其诚实之态度、扎实之政务、务实之精神。

书 巢 联

陆 游

万卷古今消永日
一窗昏晓送流年

【赏析】

  陆游，浙江绍兴人，南宋爱国诗人。作者酷爱读书，孜孜不倦，废寝忘食，将自己住室取名"书巢"，并题此联。联语正是作者一生"读书有味身忘老"的生动写照。

江西庐山白鹿洞书院联

朱 熹

日月两轮天地眼
诗书万卷圣贤心

【赏析】

  联语以日月作喻，将明亮的太阳和皎洁的月亮喻为天地的两只明澈的眼睛，时时刻刻注视着人们的一举一动，为此，做人要襟怀坦白，光明磊落。这个比喻新颖独到，有深刻的立意。下联劝勉人们只有读万卷诗书，方能领会圣贤之心，也即聆听圣哲贤达的有益教诲，以增强自身的修养。

赠 徐 达 联

朱元璋

破虏平蛮 功贯古今人第一
出将入相 才兼文武世无双

【赏析】

　　徐达是明初名将，为灭元兴明立了首功。朱元璋夸赞说："受命而出，成功而旋，中正无疵，昭明乎日月，大将军一人而已。"上联即此，是对徐达功勋的高度评价。下联是对其"才兼文武"的深情称颂。联语用词雄浑，气势不凡，褒扬备致，笔力雄健。

书　院　联

顾宪成

风声　雨声　读书声　声声入耳
家事　国事　天下事　事事关心

【赏析】

　　上联形象地描绘出自然界的风雨声与琅琅的读书声交织在一起的情景；下联表现了明代东林党人反对"读死书""死读书"，而提倡"事事关心"的政治抱负。上联的"风声""雨声"为双关语，即兼指自然界的风雨和政治上的风雨而言。这就使得此联的含意更加深刻。

诚实做人联

魏象枢

欺人如欺天　毋自欺也
负民即负国　何忍负之

【赏析】

　　上联明确指出，做人应当诚实，不可欺瞒行世，否则"进学不诚则学杂，处事不诚则事败，自谋不诚则欺心而弃己，与人不诚则丧德而增怨"。古人云："国以民为本，民安则国安。"下联强调居官不可辜负民众的期望，严正指出："负民即负国"。作者用"毋自欺也""何忍负之"警策自己，表现了难能可贵的进步思想。

墨 竹 联

郑 燮

虚心竹有低头叶
傲骨梅无仰面花

【赏析】

上联借竹叶向大地下垂，竹内空心，言其虚心，喻指谦逊自尊的品格。下联以画面上用巧思之笔绘出的花蕊不向上之梅花，言其傲骨，比喻决不逢迎权贵，不屈从强权的傲岸性格。此联既是所绘墨竹、梅花的形象写照，又是作者自己人格、精神、情操的生动体现，构思巧妙，寓意深远，有较强的感人力量。

慎 思 堂 联

吴敬梓

读书好　耕田好　学好便好
创业难　守业难　知难不难

【赏析】

联语指出从事任何职业都有前途，关键是要精通它；做任何事都会遇到困难，要紧的是知其难而设法克服它。联语巧用复字，将生活中易被忽视的道理，用浅显明白的语言表现得十分透彻，读来确令人"慎思"。

自 题 联

左光斗

霁月光风在怀袖

白云苍雪共襟期

【赏析】

此联自题，用以抒怀言志。"霁月光风"，本用以形容雨过天晴的明净景象，后用以比喻人的品格气度。上联激励自己应有广阔的胸襟和坦荡的心地。"襟期"：抱负，志愿。下联砥砺自己的志向要像白云苍雪那样明净而不染。联语设喻抒怀，意味隽永，实为作者高风亮节的生动写照。

自警自励联

袁崇焕

心术不可得罪于天地

言行要留好样与儿孙

【赏析】

上联指出道德修养应当高尚，做人必须坦诚磊落。《管子·五辅》云："为人父者慈惠以教。"下联指出为人处世应严以律己，给后代儿孙树立可以学习仿效的榜样。袁崇焕悲壮的一生，证明此联正是作者品德与情操的自我写照。他也因其高风亮节而受到后人的推崇和敬重。

题赠屈复联

金 埴

兰畹骚翁为远祖

梅花仙客定前身

【赏析】

　　屈复游浙江时，与金埴相见于杭州，两人一见如故，相互称许。屈复有意定居西子湖畔，故吟"此生安得西湖死，添个梅花处士坟"。联语暗隐"屈复"二字，上联"兰畹骚翁"指屈原，与其同姓，故"为远祖"。"梅花仙客"与屈复诗"梅花处士"同为一人，即北宋诗人林逋，字君复。联用以代指"复"字，并借屈复诗意，称"梅妻鹤子"的林逋早已为其"定前身"。联语切人切事，周至自然。

赠忘年之交丁宴联

包世臣

读古人书
友天下士

【赏析】

　　联语既是对传统治学、处世之道的高度概括，也是作者亲身实践所获经验的凝炼总结。包世臣作为长者，以此精辟深邃之语赠年轻朋友，充满了真挚诚恳的殷殷激励之情。

赠好友纪昀联

刘　墉

两登耆宴今犹健
五掌乌台古所无

【赏析】

　　为其所住阅微草堂而题。"耆宴"指乾隆举办的两次千叟宴，纪昀也两次参与盛会。"乌台"即御史台，清代称都察院，是最高监察机构。史载纪昀曾五任左都御史。联题阅微草堂，作者确实"阅微"，抓住生活中特有的细节，以"今犹健""古所无"对好友表示钦敬和祝福。"浓墨宰相"题联赠"谐联大师"，着实有趣。

赠赵翼联

刘　墉

务观万篇　半皆归里作
启期三乐　全是达生言

【赏析】

　　赵翼是著名诗人、史学家，官至贵西兵备道，后辞官归里，潜心著述，以文名于世。陆游号务观。上联用陆游一生近万首诗多半是归里所作比赵。下联用庄子达生喻赵清静自娱，祝其长寿。春秋时荣启期曾说："吾得为人，一乐也；吾得为男，二乐也；吾年九十，三乐也。"生性倜傥、才华横溢的赵翼著述颇丰，年近九十而终。

赠魏成宪联

阮　元

两袖清风廉太守
二分明月古扬州

【赏析】

　　御史魏成宪出使扬州时，阮元书赠此联送行。明代名臣于谦有诗云："清风两袖朝天去，免得闾阎话短长。"上联寄语魏成宪，到扬州任职要谨慎自律，做一个"廉太守"。唐代诗人徐凝《忆扬州》诗有"天下三分明月夜，二分无赖是扬州"句。下联表面写扬州风光秀美，实以扬州富足繁荣，劝勉魏成宪要更加注意，万不可奢靡，当让面前"清风"常拂，心中"明月"永照。

论读书学习联

张廷济

读书心细丝抽茧
练句功深石补天

【赏析】

　　张廷济，浙江嘉兴人，清代收藏家。此联用蚕结茧抽丝及女祸炼五色石补天为喻，生动地说明读书须心到、作文应练功的道理，构思巧妙，设喻精当。

劝　学　联

颜真卿

黑发不知勤学早
白首方悔读书迟

【赏析】

　　颜真卿，陕西西安人。唐开元进士，官至吏部尚书，书法家。此联为后人摘自其《劝学》诗，已成为广泛流传的劝学联。"黑发"指少年，"白首"喻老年。两者对比鲜明，告诫人们要珍惜青春，刻苦学习，奋发向上，"莫等闲白了少年头，空悲切"，到时悔之晚矣。

自 题 联

林则徐

海纳百川　有容乃大
壁立千仞　无欲则刚

【赏析】

上联以"海纳百川"作喻，告诉自己应当谦虚谨慎，胸怀宽阔，广泛听取各种不同的意见。下联以"壁立千仞"为喻，勉励自己要抛却私欲，做个正直坚强、刚直不阿的硬汉。上下联的最后一字，是用孟子"其为气（吾善养吾浩然之气）也，至大至刚"的语意。此联正是林则徐精神品格之写照。其气概不凡，操守可嘉。

赠 魏 源 联

龚自珍

读万卷书　行万里路
综一代典　成一家言

【赏析】

龚自珍，浙江杭州人。清道光进士，思想家、文学家，近代改良主义先驱。此联赠好友魏源。上联用古人成句，寓含读书联系实践的道理。下联指出做学问要在综合前人典籍的基础上，融会贯通，辨伪存真，努力有所发现，然后自树其帜，"成一家言"。

赠毛泽东主席联

齐白石

海为龙世界
云是鹤家乡

以大海作为龙的世界，将云天视为鹤的家乡，比喻奇妙，出语雄健，韵味浓郁，形象传神。

赠蒋经国联

于右任

计利当计天下利
求名应求万世名

【赏析】

不仅阐明了"利""名"二字的内涵，并晓以"天下""万世"之理，表达了以民族利益、国家前途为重的思想和感情。廖承志同志1982年7月24日致蒋经国先生的信中，曾引用此联。

自 题 联

熊亨翰

读万卷书　还需行万里路
享百年寿　何如作百世师

【赏析】

上联将司马迁的治学经验"读万卷书，行万里路"略作改动，寓含学习革命理论更需结合革命实践的道理。下联说活得岁数再大，也不如当一个培育栋梁之材的教育家。此联赋予旧词以新的思想内容，也表现了作者古为今用、推陈出新的非凡才能。

湖南长沙天心阁联

叶圣陶

天高地迥
心旷神怡

【赏析】

　　叶圣陶，江苏苏州人。著名作家、教育家。上联语出王勃《滕王阁序》："天高地迥，觉宇宙之无穷。"下联语出范仲淹《岳阳楼记》："登斯楼也，则有心旷神怡，把酒临风，其喜洋洋者矣。"联借嵌"天心"二字，引此两句寓指天心阁既有滕王阁"觉宇宙之无穷"之气势，又有岳阳楼"其喜洋洋者矣"的心境，看似信手拈来，若不将名篇名句烂熟于心，岂能如此自然贴切。

为中华崛起而读书联

何殿甲　周恩来

不为列强之奴仆
誓做中华之主人

【赏析】

　　少年周恩来曾被四伯父从江苏淮安接到辽宁沈阳，进东关模范学校读书。暑假期间，周恩来常去同学何履祯家温课。何履祯的爷爷何殿甲，是位富有正义感的博学之士。他见周恩来谈吐得体，举止不凡，便出了"不为列强之奴仆"这个上句，要周恩来对出下句。周恩来被老人忧国忧民的精神所感动。他想到自己立志"为中华之崛起而读书"的誓言，当即便以"誓做中华之主人"的豪言壮语相对，表现出了聪明的才智、高尚的情操、远大的理想和坚定的信念。何殿甲老先生听罢，含泪赞道："周生年少而有大志，奇才，奇才！"

自 题 联

朱自清

但得夕阳无限好

何须惆怅近黄昏

【赏析】

　　朱自清，江苏扬州人。诗人、文学家。此联借用唐代李商隐"夕阳无限好，只是近黄昏"诗句，反其意而成。作者改铸旧句，赋以新意，充分表现了他热爱生活、激励奋斗的精神。

挽 莫 愁 联

易君左

与尔同销万古

问君能有几多

【赏析】

　　上联出自李白诗《将进酒》，下联出自李煜词《虞美人》，均将最后一个"愁"字去掉，意正为"莫愁"，恰为被挽者芳名。尤令人叹服者，是情注乎中，悲溢于外，引人共鸣，感人至深。

抗美援朝书画义卖展览会联

刘少奇

唇亡齿寒　辅车相依
披发缨冠　众志成城

【赏析】

上联出自《左传·僖公五年》，"辅"为颊骨，"车"为齿床。两个成语均喻利害关系十分密切。下联"披发缨冠"出自《孟子·离娄下》，形容因急迫而来不及整容。"众志成城"语出《国语·周语下》，意为万众一心，像坚固的城堡一样不可摧毁。喻团结一致，力量无比强大。联由四个成语组成，气魄雄浑，含义精深，极有鼓舞性，一时传为佳话。

题船山土室联

王夫之

清风有意难留我
明月无心自照人

【赏析】

王于明亡后隐居于衡阳石船山，此联表明其气节。上下联首的"清"、"明"即代指清朝、明朝。

赠汤增璧联

黄兴

立节可为千载道
成文自足一家言

上联讲节操，称汤人品高尚；下联讲文才，称其文章自成体系。立节：树立品节。一家言：有独特见解、自成体系的论说，司马迁《报任安书》："亦欲以究天人之际，通古今之变，成一家之言。"

赠王起联

夏承焘

三五夜月朗风清　与卿同梦
九万里天空海阔　容我双飞

【赏析】

上下联前半句起铺垫作用，表现主题着重在后半句。"与卿同梦"，写所想一致，所谓心有灵犀是也。"容我双飞"，写志存高远。我，复指我们。二人双双在万里长天翱翔，共达理想境界。情真，是该联最大特点。

教人处世、读书联

周恩来

与有肝胆人共事
从无字句处读书

【赏析】

古人以"肝胆""肝胆相照"谓朋友间真诚相待。上联所说的"有肝胆人"，即有崇高理想，有远大抱负，有刚毅性格，有勇敢精神，有正义感的人。无数事例说明，与这样的人共事，无论在任何情况下，都可以同甘共苦，为着实现共同的目标而并肩战斗。下联论述了实践出真知的读书之道。即读书不可忽视社会实践的大课堂，必须在实践中增长知识和才干。事实证明，善读书，不唯书，把"有字书"与"无字书"结合起来读，是丰富知识，取得成果的重要准则。此联讲处世之道，谈读书之理，言简意赅，气魄非凡，催人奋发。

开明书店联

开来而继往
明道不计功

【赏析】

开明书店创建于1926年，在解放前为六大书店之一。联语嵌店名，寥寥十字即概括了该店的出版特点和奉献精神。下联出自《汉书·董仲舒传》："正其谊不谋其利，明其道不计其功。"

刻字店联

六书传四海
一刻值千金

【赏析】

六书：即六体，《汉书·艺文志》："六体者，古文、奇字、篆书、隶书、缪篆、虫书，皆所以通知古今文字，摹印章，书幡信也。"下联截取苏轼诗"春宵一刻值千金"，取"刻"字的动词意义，有移花接木之妙。

文具店联

自古三端轻武库
而今四宝重文房

【赏析】

四宝：笔墨纸砚，古称文房四宝。三端：语出《韩诗外传》，指文士笔端、武士锋端、辩士舌端。

画 店 联

天外江山来笔底

胸中丘壑写毫端

【赏析】

联语切合中国书画的笔墨精神和传统题材。

治印家常用联

铅椠刀笔古所有

金石刻画臣能为

【赏析】

作者一说为吴昌硕，一说为齐白石。化用李商隐《韩碑》诗"愈拜稽首蹈且舞，金石刻画臣能为"句成联。

武昌戏院联

底事干卿　　风吹皱一池春水

多情笑我　　浪淘尽千古英雄

【赏析】

《雪浪斋日记》："冯延巳作《谒金门》，中主戏曰：'"吹皱一池春水"，干卿底事？'对曰：'未若陛下"细雨梦回鸡塞远，小楼吹彻玉笙寒"也。'"上联用此故事。下联由苏轼《念奴娇·赤壁怀古》句化来。

西湖绿杨茶社联

桃花潭水汪伦宅
芳草斜阳孙楚楼

【赏析】

取李白"桃花潭水深千尺，不及汪伦送我情"，"朝沽金陵酒，歌吟孙楚楼"诗意。孙楚：晋代名士，才华卓绝。

北京老字号仁和酒厂联

莲比君子　菊咏高士
仁登寿域　和跻春台

【赏析】

莲比君子：宋周敦颐《爱莲说》誉莲为花之君子。菊咏高士：晋陶渊明爱菊，并作有多篇咏菊诗文。"高士"即隐者。仁登寿域：取《论语·雍也》"知者乐，仁者寿"之意。和跻春台：由《老子·上篇》"众人熙熙，如享太牢，如登春台"化来。上联隐指该厂名产莲花白、菊花白，下联嵌厂名"仁和"二字。

酒业戏台联

正值柳梢青　乍三叠歌来　劝君更进一杯酒
如逢李太白　便百篇和去　与尔同消万古愁

【赏析】
　　上下联后段为李白诗句。以"李太白"对"杨柳青"尤具巧思。

剪刀店联

剪将淞水
快若并州

【赏析】
　　杜甫《戏题王宰画山水图歌》："焉得并州快剪刀，剪取吴淞半江水。"联语由此化来，而切合行业特点，有痛快简捷之妙。

扇庄联

羲之五字增声价
诸葛三军听指挥

【赏析】
　　王羲之为一卖扇老妇人在扇上各写五字，扇子被抢购一空；三国时诸葛亮常手摇羽毛扇指挥三军，为常见的舞台形象。联语所写有文有武，刺激人们不妨买扇作一回王右军、诸葛孔明。

豆腐店联

一肩担日月
双手转乾坤

【赏析】

　　日月：当时的豆腐有黄白两色（黄色系用黄栀子水浸过），一黄一白，故以日月作比喻。转乾坤：指推磨。

饭 店 佳 联

充饥不必图画饼
止渴何须望梅林

【赏析】

　　此联分别关乎"吃"、"喝"。虽用两个典故，却都家喻户晓，质朴而有文采，通俗而又含蓄。

茶 馆 佳 联

佳肴无肉亦可
雅谈离我难成

【赏析】

　　该联运用对比手法，强调饮茶作用，晓人以理，动人以情。上联由局外之人说无肉可制佳肴，冷静客观；下联用第一人称道出离茶难成雅谈，亲切自然。"亦可"、"难成"，措辞虽然委婉，态度却颇肯定。

邮电局佳联

送佳音飞骑连万户
报喜讯银线达九州

【赏析】

这是一副邮电局的佳联。上联写邮递对象之多，遍及千家万户；下联写通话范围之广，直达九州各地。全联以"佳音""喜讯"反映祖国蒸蒸日上，人民安居乐业；以"飞骑"、"银线"比喻邮车轻便迅捷，话线畅通无阻。词语中充满热爱本职工作，服务四方顾客的自豪感。

婚姻介绍所佳联

欣当月老牵赤线
乐作红娘搭鹊桥

【赏析】

这是一副不可多得的婚姻介绍所佳联。使用典故，自然恰当，作者顺手拈来，读者过目难忘。

眼镜店佳联

不是胸中存灼见
如何眼底辨秋毫

【赏析】

此联由眼镜可以矫正视力的常识，引发出人类须有真知灼见的道理，既富教益，又很有趣。两句为流水对，意脉颇为连贯；运用反问语气，尤能令人深思。

酒 楼 联

施耐庵

世间无比酒
天下有名楼

【赏析】

　　此联是酒楼门前的对联。上联中的"无比酒"三个字对该酒楼的酒作了点睛之笔。下联"天下有名楼"，则对自家酒楼作了最好的介绍。纵观全联作者运笔独到，读者看后自然对浔阳江酒楼有一好印象，好酒吸引人，名楼更吸引人，登名楼饮佳酿，品味游兴两好之。

题 工 厂 联

龙飞腾　捷报传四海
虎生翼　奇迹扬五洲

【赏析】

　　龙腾虎跃，"捷报""奇迹"频传四海五洲，此何等激动人心。个别对仗、平仄失调。

题工业战线联

独木难撑大厦

众志可夺天工

【赏析】

此联道出：万众一心，才能人定胜天，创造人间奇迹；否则，就像独木那样，是难以支撑大厦的。上下联以比喻对比手法，突出"众志"之重要性。

题 工 厂 联

树雄心　实现祖国"四化"

立壮志　攀登世界高峰

【赏析】

联语工浑称题。上下联前半段对后半段而言，其句式具有因果关系。

题某餐馆联

宰天下有如此肉

治大国若烹小鲜

【赏析】

语气阔壮，特若卓然，且切题意。

裁 缝 店 联

杨士奇

金针引动独龙行
银剪裁开双凤舞

【赏析】

"金针"，传为织女所赠，得之手艺更精。"独龙行"一喻针线飞动，二喻穿针引线人手动自如。"双凤舞"一喻布剪开之形状，二喻裁布缝衣者动作漂亮潇洒。联语形象鲜明，措辞生动，想象丰富，极切裁缝的职业特点。

生意兴隆联

唐　寅

生意如春意
财源似水源

【赏析】

比喻生动贴切，将生意兴旺比作春意无限，把财源充盈比作水源无尽。喻体浅明，雅俗共赏。"生意"又别解为"生机"，与"春意"联系极其自然。商家货币周转有如流水，以"水源"相喻，尤为允当。

题理发店联

董邦达

相逢尽是弹冠客
此去应无搔首人

上联用"弹冠相庆"之典，联指脱帽理发。下联"搔首"，本指挠头。《诗经·邶风·静女》："爱而不见，搔首踟蹰。"联以"无"字否字，意为不再烦恼闷而感到欣喜。联语诙谐风趣，既切理发特点，又寓乐观之情。

榨 油 联

陶 澍

榨响如雷　惊动满天星斗
油光似月　照亮万里乾坤

【赏析】

陶澍少年时，曾为村中新盖的榨油坊撰写此联。上下联第一为"榨油"，属鹤顶格嵌字联。此联点题明确，用语贴切，气势不凡。

糖果店佳联

沉李浮瓜添雅兴
望梅剥枣佐清淡

【赏析】

本联列举四种干鲜果品，经销商品使人一目了然。上联袭用曹丕语，下联化用曹操事（望梅止渴），使得作品含蓄凝练，别开生面。

照相馆佳联

今日留影取姿随便
他年再看其乐无穷

【赏析】

　　照片是主人往日形象与生活的真实再现与反映，能勾起人们的美好回忆与无限遐思。此联紧紧抓住这一特征，吸引顾客，招揽生意。上联嘱咐留影"取姿随便"，意在打消顾虑；下联断言再看"其乐无穷"，旨在鼓励拍照。全联通俗易懂，平淡自然。

商业通用佳联

经营不让陶朱富
贸易长存管鲍风

【赏析】

　　这是一副商业通用佳联。上联称道经营致富，下联提倡商业道德。将管鲍友情引入经贸领域，确有脱胎换骨之妙。

中药店佳联

神州到处有亲人　不论生地熟地
春风来时尽著花　但闻藿香木香

【赏析】

　　这副对联情真辞切，感人肺腑。上联说明店主待顾客的态度：视为亲人，急其所难。下联表达店主对病人的祝愿：药到病除，恢复健康。全联巧嵌药名，一语双关。

保险公司佳联

有物皆可保无虞
是灾便能险化夷

【赏析】

　　该联第五个字分别嵌以"保"、"险"，属于"嵌字格"中的"鹤膝格"。上联宣传"有备无患"的道理，一个"皆"字说出了保险项目之多；下联介绍"逢凶化吉"的职能，一个"便"字讲明了保险信誉之高。

文具店佳联

放眼橱窗尽是文房四宝
兴怀风雅广交学海众儒

【赏析】

　　本联首先介绍经营项目——琳琅满目者尽是文房四宝，然后说明经营目的——店主与顾客广交学海众儒。主题明确，格调高雅。

灯具店佳联

光耀九天能夺月
辉煌一室胜悬殊

【赏析】

　　本联抓住灯具特征，突出表现灯光之亮。"九天能夺月""一室胜悬珠"的大胆夸张，确能给人留下深刻印象。

化妆品店佳联

淡浓随意着

深浅入时新

【赏析】

　　此系化妆品店佳联，却未出现化妆品名，委婉含蓄，不落俗套。上联袭用典故，以美女西施比喻化妆之人，令人欣喜；下联化用典故，由作品合适反归化妆入时，富有新意。

乐器店佳联

韵出高山流水

调追白雪阳春

【赏析】

　　音乐是人类智慧的结晶，也是人类文化生活的重要内容。店主把顾客视为自己的知音，盼顾客奏出美妙的乐曲，亲切感人，格调高雅。

陶瓷店佳联

硗硗难免于缺

皦皦却能不污

【赏析】

　　这副对联抑扬有致，寓意深刻。上联承认陶瓷"难免于缺"的短处，下联说明陶瓷"却能不污"的长处；上联提醒人们勇于承认自身不足，下联鼓励人们出污泥亦应不染。辩证写来，启人联想。

珠宝店佳联

珠光腾赤水
宝匣蕴蓝田

【赏析】

　　该联嵌"珠宝"，属于"鹤顶格"，经营项目，一望即知。赤水之珠，蓝田之玉，一虚一实，摇曳多姿。

自来水厂佳联

但得穷源溯流法
所居廉泉让水间

【赏析】

　　此联既流露了厂方探源溯流，开辟良好水源的赤诚之心，又表达了他们供人洁水，祝人清正廉洁的美好愿望，读之颇受教益。

火柴厂佳联

光学根诸燧氏
华风化及焯儿

【赏析】

　　本联追溯火柴起源，重要作用不言而喻。句首嵌以"光华"，火柴功用、特征极为概括；句末人名、物名自然而对，亦为人们称道。

伞 店 佳 联

看我当头撑掩盖
赖君妙手护跳珠

【赏析】

这副对联运用拟人手法，以伞的口吻写出。先是自夸——当头之上，为人遮盖；后是夸人——妙手相撑，方可护雨。全联自信而不狂傲，自谦却不谄媚，分寸恰当，生动有趣。

油漆店佳联

以素为绚
取精用宏

【赏析】

上联介绍油漆功用——素地之上，可以绘出绚丽图案；下联说明油漆来源——大自然中，得以采集丰富原料。全联立意明确，层次清晰，活用古语，深入浅出。

花 店 佳 联

匠心独运
着手成春

【赏析】

诗歌有"诗眼"，散文有"文眼"，对联也有"联眼"。此联眼目，在一"春"字。鲜花是大自然的造化，人造花是设计师的创作，它们体现了春天的生机，也象征着人生的美好。作者紧扣此旨，先写构思，再写效果，清晰醒目，颇为诱人。

贺　庆

中 秋 节 联

玉宇琼楼　照澈一轮皎月
珠宫贝阙　平分五夜天香

【赏析】

　　玉宇琼楼：出自苏轼《水调歌头》"我欲乘风归去，又恐琼楼玉宇，高处不胜寒"。珠宫贝阙：以珠贝为宫阙，原指水神之居，此泛指天府。五夜：古时将一夜分为甲、乙、丙、丁、戊五段，称五夜。

元 宵 节 联

春色无边　良宵玉宇初圆月
太平有象　火树银花不夜天

【赏析】

　　太平有象：《资治通鉴》："会上御延英，谓宰相曰：'天下何时当太平，卿等亦有意于此乎？'僧孺对曰：'太平无象。……'""太平无象"是说天下太平并无一定标准，此联反其意而用之，以为目前生活安定、经济发展，已达到太平繁荣的标准。

贺周梅初七十寿辰联

沈葆祯

众寿朋来　而我独羁千里足
倾心兄事　为君多读十年书

【赏析】

　　时沈在两江总督任上而周居福州。周长沈十岁，沈自况当多读十年书。寿联而重在读书事，跳出凡人窠臼。

贺光绪帝婚礼联

维多利亚女王

日月同明　报十二时吉祥如意
天地合德　庆亿万年富贵康宁

【赏析】

　　刻于英赠自鸣钟两侧。语本《易·乾·文言》，典雅堂皇，当系华人代拟。

贺王子章入学联

王志初

早许惠连才　天下文章已无我
差同郗鉴识　座中子弟独奇君

【赏析】

　　惠连才：南朝宋谢惠连十岁能属文，书画并妙。无我：《宋书·谢庄传》："袁淑文冠当时，作赋毕，贵以示庄，庄赋亦竟。淑见而叹曰：'江东无我，卿当独秀；我若无卿，亦一时之杰也。'遂隐其赋。"郗鉴识：东晋郗鉴善风鉴，招坦腹东床的王羲之为婿。吴恭亨《对联话》评："扫尽一切门面语，故称佳对。"

贺康有为七十寿辰联

梁启超

述先圣之玄意　整百年之不齐　入此岁来已七十矣
奉觞豆于国叟　致欢忻于春酒　亲受业者盖三千焉

【赏析】

上联集《汉书·郑康成传》句，下联集《东都赋》及《汉书·儒林传》句，严整古肃，于弟子祝先生寿恰合分寸。

贺李鸿章七十寿辰联

佚名士

天生以为社稷
人望之若神仙

【赏析】

甲午后，李以大学士兼直隶总督任上，值其七十寿辰。上联用李晟典，下联用李邺侯典，切李姓。

贺潘兰史六十寿联

何诗孙

诗功喜与年增健
人寿欣逢月正圆

【赏析】

潘为清末力倡新学者之一，曾游历欧洲，晚年隐居上海，以诗画寄兴。上联写其晚年诗画生活和闲逸心态。下联属平常祝寿语。

贺金子如新婚联

刘师亮

　　子兮子兮　今夕何夕
　　如此如此　君知我知

【赏析】

　　子兮两句：集自《诗·唐风·绸缪》"今夕何夕，见此良人；子兮子兮，如此良人何！"子：夫妻相互间爱称。如此两句：为不可告人之耳语，《后汉书·杨震传》有"天知地知，我知子知"。联首嵌"子如"两字。通联谑而含蓄。

贺新人七夕成婚联

　　试问夜如何　牛女双星度河汉
　　欲知春几许　凤凰比翼下秦台

【赏析】

　　试问夜如何：出自苏轼词《洞仙歌》。牛女双星：取秦观《鹊桥仙》"纤云弄巧，飞星传恨，银汉迢迢暗度"词意。

贺中华民国临时政府在南京成立联

　　　　滚滚长江　　流不尽我族四千六百余年无量英雄无
量血　放眼觇钟山王气　楚水霸图　半壁奠东南　大野
玄黄　已遂秋风变颜色
　　　　茫茫震旦　　要争个全球八十三万方里自由民意自
由魂　举手庆汉日再中　胡尘一扫　雄师捣西北　卿云
糺缦　重安禹甸仗群材

【赏析】

　　钟山王气：钟山即紫金山，王气指象征帝王运数的祥瑞之气。《太平御览》引《金陵图》云："昔楚威王见此有王气，因埋金以镇之，故曰金陵。秦并天下，望气者言江东有天子气，凿地断连冈，故改金陵为秣陵。"震旦：古印度语音译，即中国。卿云：即庆云，古代称为祥瑞之气。　糺缦：萦回舒展貌。"卿云糺缦"出自舜帝让位于禹时与臣僚所唱之《卿云歌》："卿云烂兮，糺缦缦兮，日月光华，旦复旦兮。"

贺郭沫若寿联

叶　挺

寿比肖伯纳
功追高尔基

【赏析】

　　这副寿联写出了叶挺对郭老的尊敬和赞誉，同时，也表现出叶挺的革命乐观主义精神。身陷囹圄，心系革命，相信真理，思念同志。它鼓励、鞭策革命的仁人志士不懈努力，将革命进行到底！孙中山先生有"革命尚未成功，同志仍须努力"的遗训，这正是叶挺的这副寿联的实际内涵。

春 日 婚 联

佚名撰

柳暗花明春正半
珠联璧合影成双

【赏析】

这副对联是"喜联"中的佳作。它切时、切景、切情，成功地描绘了成婚的时日，勾画了一对美满夫妻的形象，充分地表达了作联者的衷心祝愿之情。联语虽短，但将成婚的时日情景人情一揽联中，并借助比喻修辞手法溶入作者的情感，便使该联情景交融而不同凡响，较之常见喜嫁联语，更略高一筹。

贺马寅初寿联

周恩来 董必武 邓颖超

桃李增华　坐帐无鹤
琴书作伴　支床有龟

【赏析】

这副十六字贺联，言简意赅，字字寄情，既表达了中国共产党对马寅初先生的无限关怀与崇敬，也体现中国共产党对整个国统区的爱国民主运动的坚决支持和热烈赞许。联词中用我国民间相传的皆有千年之寿的"鹤"与"龟"来祝愿马老健康长寿，可谓情深意切。它对当时为争取和平民主而斗争的爱国进步人士，起了很大的鼓舞作用。

冬日婚联

佚名撰

皓月描来双燕影

寒霜映出并头梅

【赏析】

　　这是一副寓意深刻、意境深远的冬日婚联。它运用比拟、比喻、象征等多种修辞手法，表示了对新婚夫妇的美好祝福，给人以一种清新愉悦的感觉。

楹联丛话联

李渔

七夕是生辰　　喜功名事业从心　　处处带来天下巧

百花为寿域　　羡玉树芝兰绕膝　　人人占却眼前春

【赏析】

　　上联紧扣"七夕是生辰"，结合"乞巧"之习俗，极事铺陈，用以颂祝，说生在此日，自会诸事顺遂，奇巧称心。下联巧借"百花为寿域"，引出"玉树芝兰"，加以发挥，说住在此地，才使满堂子孙围绕膝前，使之春风得意，福寿绵延。此联用字考究，诗情浓郁，虽然以生辰及所居论及事业子孙有迷信之嫌，但借吉庆语贺寿辰，也是一种可行的方法。

百岁老人贺寿联

王文清

人生不满公今满

世上难逢我竟逢

【赏析】

上联"人生不满"正是巧妙运用古诗句，指出活到百岁极其罕见，而"公今满"三字贴切地表明为百岁寿星而贺。此联最大的特色就是歇后藏词，全联不见"百"或"百岁"的字样，而让人读来便知是为百岁寿翁而作，确为巧思。另外，"满"、"逢"均为双字，充分表达了喜悦与祝颂之情，俗中见雅，幽默风趣，增添了无穷韵味。

千叟宴联

乾隆 纪昀

花甲重开　外加三七岁月

古稀双庆　内多一个春秋

【赏析】

相传乾隆皇帝举办"千叟宴"，最长者一百四十一岁，他就此出一上联，颇有意趣。遗憾的是大都难以应对，惟有纪昀稍想片刻，将下联对上。此联出句工巧，对语佳妙，运用乘法和加法，更有情趣，"重开""双庆"皆寓恭贺赞美之意，自然给"千叟宴"增添了无限情韵。

阅微草堂联

梁同书

万卷编成群玉府

一生修到大罗天

上联赞纪昀"编成"了"万卷"巨著为"群玉府"增添了无价宝书。"大罗天",道家语,在三清之上,为最高境界。下联接上联而誉,说纪昀正因为有如此丰功伟绩,才得以终成正果,"修到大罗天"之上。

贺袁枚寿联

梁同书

藏山事业三千牍
住世神明五百年

【赏析】

"藏山事业"指著述,语出《汉书·司马迁传》,"三千牍"用以形容著述甚丰。上联称寿主所著传之后人,贡献极大。"神明",可解作人的精神。"五百年"取赵翼"江山代有才人出,各领风骚数百年"之意。下联称寿主事业及精神流芳后世。此联围绕寿主事业"藏山"精神"住世"来贺,言近旨远,别具深情。

群 臣 宴 联

乾隆 纪昀

玉帝行兵　风刀雨箭云旗雷鼓天为阵
龙王设宴　日灯月烛山肴海酒地当盘

【赏析】

乾隆皇帝一日设宴招待群臣,席间电闪雷鸣,大雨倾盆,当即出此上句要众臣续对。出句颇为巧妙,且有气魄,后只有纪昀所对中圣意。纪昀解释说:"圣上为天子,故风雨云雷任从驱遣,威震天下;臣乃酒囊饭袋,故视日月山海都在筵席之中。可见,圣上好大神威,为臣不过好大肚皮耳!"乾隆听了,笑逐颜开,说:"爱卿饭量虽好,如无胸藏万卷,也不会有如此之大肚皮!"群臣一片惊叹。

贺乾隆皇帝五十寿诞联

纪　昀

四万里皇图　伊古以来　从无一朝一统四万里
五十年圣寿　自兹以往　尚有九千九百五十年

【赏析】

上联以"从无一朝一统四万里"的皇家版图写起，盛赞乾隆皇帝的文治武功，业绩辉煌。下联从皇帝又称"万岁"入笔，已有"五十年圣寿"的乾隆，距"万岁"不是"尚有九千九百五十年"的寿数吗？此联以数字的工对见奇，看似平铺直叙，却妙趣横生，故时人称其"气象高阔，设想奇创"，"对幅折颂万岁，工慧绝伦"。

祝乾隆皇帝八十寿诞联

纪　昀

八千为春　八千为秋　八方向化八风合　庆圣寿八旬逢八月
五数合天　五数合地　五世同堂五福备　正昌期五十有五年

【赏析】

上联从"八旬"寿"逢八月"出发，连用六个"八"字，恭贺乾隆八十寿诞，并称"八方向化"、"八风"祥和，恰切典雅，充满喜庆。下联从"天数五，地数五"引出"五十有五"，连用六个"五"字，与上联六个"八"字工稳对仗，同时紧扣乾隆五十五年，借以祝福昌期永盛，福寿绵长。《楹联丛话》称此联"竟如天造地设"。着实不虚，就嵌字贴切而言，此联确有可资借鉴之处。

孟瓶庵师德配何太恭人七十寿辰联

梁际昌

人间贤母曾推孟
天上仙姑本姓何

【赏析】

联语紧扣孟夫人何氏娘婆二家之姓氏选词用典，颂祝之意自在其中。孟母断机三迁教子成才，联以此来称颂孟夫人之贤。何仙姑乃八仙之一，用仙女长生不老，来祝贺何氏之生日，联末分别嵌"孟"、"何"二字，尤见巧思。一个"孟"字，除明切何氏夫家之姓外，还暗点出孟子之母及何氏亦孟家之母，一箭三雕。

除 夕 联

陶　澍

除夕月无光　点数盏灯　替乾坤增色
新春雷未动　擂三通鼓　代天地扬威

【赏析】

陶澍九岁那年除夕，祖父出此上句令他应对。只见陶澍兴冲冲地搬来一面鼓，没等放稳，便猛擂猛打起来。震耳的鼓声，把全家人都召了过来，人人都觉得惊奇，连祖父也有点摸不着头脑，便问小孙孙："不好好对句，怎么倒擂起鼓来了？"陶澍扬头一笑，说出对句。

贺 寿 联

王原祁

疏松影落空坛静

细草春香小洞幽

【赏析】

王原祁，江苏太仓人。清康熙进士，官至户部侍郎。此联为贺友人寿而作，但字面上不见一个"寿"字，而是从侧面表达祝寿之意。"松"寓"寿比南山不老松"之意，"坛静""洞幽"皆宁神静气的养生佳地。《黄帝内经》云："静则神藏，静者寿。"明喻暗寓，祝辞巧妙。

自 寿 联

乾 隆

七旬天子古六帝

五代孙曾予一人

【赏析】

上联通过历代帝王高寿者寡这一现象，反衬自己年届古稀实属幸事，自豪之情，溢于言表。乾隆写此联时已见了曾孙，可谓五世同堂，而这一点又是"古六帝"都未达到的，愈发感到欣喜。此联充分表现了乾隆自认是福寿双修帝王的愉悦心情，本无多少深意，只是引述得体，概括简洁，相互比较，突出特点，用以自寿，实为一种别致的写法。

贺江苏镇江某知府官厅翻修联

吴山尊

山色壮金银　惟以不贪为宝

江流环铁石　居然众志成城

【赏析】

　　上联意为：镇江有金山、银山，是富庶肥美之地，但只有不贪婪才是真正可贵的。下联意为：滔滔江水绕东吴孙权所建铁瓮城而去，但团结一致的民众，要比铁瓮城还坚固。联语的最大特点是借祝贺之名，行劝谏之实。

临 湘 楼 联

王闿运

松柏岁寒心　平仲昔来曾筑室
潇湘水云色　元晖吟望试登楼

【赏析】

　　"平仲"是北宋政治家寇准的字。"元晖"，后魏尚书左仆射，颇爱文学。联颂好友才学，并以"松柏岁寒心"勉其做一志行高洁之士。

爱 春 楼 联

孙中山

爱国爱民　玉树芝兰佳子弟
春风春雨　朱楼画栋好家居

【赏析】

　　先题一联："博爱从吾志，宜春有此家。"巧妙地嵌入"爱春"二字，并阐述了同盟会"博爱""宜春"的理想和主张。作者意犹未尽，又书此联，进一步强调了培育后代旨在"爱国爱民"的思想。"玉树芝兰"语出《晋书·谢安传》，喻有志可成才之子女。两联三嵌"爱春"，数语一片真情。

贺学生陶亮生续弦联

林思进

上弦渐满元宵月
携手重评绮阁花

【赏析】

　　林思进，四川华阳人。曾官内阁中书，后在蜀中执教四十年。用受赠者陶亮生的话说："婚期为正月十三日，所以上句云然。下句庄雅之至。老师贺学生，丝毫不可涉俗，分寸色理，极宜讲究。"

杨浦大桥联

邓小平

喜看今日路
胜读百年书

【赏析】

　　1994年春节期间，邓小平在上海市委领导陪同下，视察了浦东开发区，并高兴地登上杨浦大桥，看到改革开放以来上海日新月异的新面貌，欣然吟出这两句，同时对人们说："这不是诗，而是我内心的感受。"其实，这正是一副短小精悍的新春联，极具鼓舞性。

贺马相伯寿联

章炳麟

鲁连抗议定完赵
烛武老年犹见秦

【赏析】

　　该联用鲁仲连、烛之武两则典故,对马相伯老人敢于斗争的高尚品格作了赞扬。马老晚年积极投入抗日救亡工作,曾联名发表抗日宣言,该联亦有对此表示肯定之意。上下联完全用典,是该联一大特色。

贺黄侃寿联

章炳麟

韦编三绝今知命

黄绢初裁好著书

【赏析】

　　太炎先生为学生祝寿,意在表彰学生,激励学生,从联文用典用事中可看出太炎先生这番美意。然而,事情有时也有些太巧,黄侃将此联高悬室内后,有人挑剔地指出,此联不吉利,因为十四字中含有"黄绝命书"四字。黄即撤下了此联。而不久之后,黄果然因病去世了。太炎先生绝无预言学生短命之意,一切皆属巧合。

贺女新婚联

方地山

两小无猜　　一个古钱先下定

四方多难　　三杯淡酒便成婚

【赏析】

　　作者将儿女婚事轻描淡写,既是写实,也表现了其性格的豁达和诙谐,读来十分耐人回味。

喜得贵子联

方观承

与吾同甲子
添汝作中秋

【赏析】

　　甲子，指六十花甲，是说自己的儿子与自己干支相同，正好差六十年。中秋，即八月十五，其子生日的第二天便逢中秋，故有对句之说。联语以巧合之事表现作者志得意满的心情。

祝　寿　联

万古希逢　岂止三四五六
一人有庆　直至亿兆京垓

【赏析】

　　清乾隆五十五年(1790)乾隆帝八十"万寿节"，朝臣、外官献上大量楹联庆寿。联语用数字颂庆事，又用了夸张、简略等形式，别有意趣。

贺贾敬之寿联

郑　林

活到老　学到老　老不服老
画亦精　字亦精　精益求精

【赏析】

　　"老不服老""精益求精"，此种精神，实为可贵。不足处，有的平仄、对仗不够工稳。上下联结构，采用了落帘式和连环式，可兹借鉴。

挽 朱 筠 联

纪　昀

学术各门庭　与子平生无唱和
交情同骨肉　俾予后死独伤悲

【赏析】

朱长于金石、书法，纪为经学大师，但不善书。当时仕途、文苑，朱、纪齐名。梁章钜评曰："非笥河（朱筠字）先生不能当斯语，非文达（纪昀谥号）师亦不敢作斯语。"

自题生圹联

毕　沅

读书经世即真儒　遑问他一席名山　千秋竹简
学佛成仙皆幻境　终输我五湖明月　万树梅花

【赏析】

真儒之见，名士之风，此联可见！

挽桑调元联

沈德潜

文星　酒星　书星　在天不灭
金管　银管　斑管　其人可传

【赏析】

　　文星：即文昌星，传说中为主管文运的星宿。酒星：即酒旗星。书星：文星之别称，一说即书神。金管：本指箫笛类乐器，亦指名贵之笔。银管：以银为管之笔。斑管：以斑竹为管之笔。联语以三星、三管誉逝者学问、品调。

挽钱大昕联

梁同书

名在千秋　　服郑说经刘杜史
神归一夕　　仙人骨相宰官身

【赏析】

　　钱精通辞章、音韵、训诂、金石。服郑：指东汉经学家服虔、郑玄。刘杜：指西汉刘向、晋杜预。宰官身：佛语，指佛能变各种身形，用以指钱氏为官不过现尘世之身，其实为仙佛之体。

挽林则徐联

左宗棠

　　附公者不皆君子　　间公者必是小人　　忧国如家　　二百余年遗直在
　　庙堂倚之为长城　　草野望之若时雨　　出师未捷　　八千里路大星颓

【赏析】

　　遗直：所留之忠直。庙堂：指朝廷。长城：国家所依之干城。草野：指民间。时雨：及时之雨，比喻百姓所望之善政善行。颓：陨落。

挽周翠琴联

陆眉生

生在百花先　万紫千红齐俯首
春归三月暮　人间天上总销魂

【赏析】

　　周生于农历二月十四（旧俗二月十五为百花生日），卒于农历三月末，联语以受挽者生、死之日为对，颇富文采。

挽曾国藩联

彭昌禧

韩欧无武　郭李无为　集数子所长　勋华巍焕
衡岳之高　洞庭之大　叹哲人其萎　云水苍茫

【赏析】

　　上联以韩愈、欧阳修、郭子仪、李光弼等文武名人作比，下联则切以曾氏湖南籍贯。

挽谭嗣同联

康有为

复生　不复生矣
有为　安有为哉

【赏析】

　　谭嗣同字复生。上联表示对死者的哀痛心情，下联抒发自己的悲观、无奈。挽联而嵌入双方名字，尚属少见。

挽秋瑾联

悲哉　秋之为气
惨矣　瑾其可怀

【赏析】

上、下联嵌逝者名字。秋之为气：出处有二，一是秋瑾就义前曾索笔写下"秋雨秋风愁煞人"七字，一是欧阳修《秋声赋》："悲哉，此秋声也，……"瑾：美玉，喻逝者人如其名。

挽宋教仁联

桃园何处寻渔父
博浪翻教刺子房

【赏析】

宋为湖南桃源人，号渔父。博浪沙本是张良（子房）命壮士椎击秦始皇处，下联反写秦皇使人刺张，实指袁世凯指使人刺杀宋教仁。

挽曾朴联

　　　　　　　　　　吴　梅

平生事业鲁男子
半世风浪孽海花

【赏析】

上联讲曾朴毕生事业都反映在其自传体小说《鲁男子》中。下联写其代表作《孽海花》的影响。

挽蔡锷联

小凤仙

不幸周郎竟短命
早知李靖是英雄

【赏析】

据传出于罗瘿公手笔。上联以周瑜(36岁而死)比蔡锷(死时35岁),下联用李靖故事而自拟红拂,所比堪称得体。

挽聂耳联

赵星海

乐府久凋零　学就成连人已逝
吹台遥怅望　化为精卫客应归

【赏析】

聂耳为《义勇军进行曲》(即中华人民共和国国歌)的曲作者。成连:春秋时著名琴师,相传俞伯牙曾从其学琴。吹台:相传为春秋时师旷吹乐之台。上联用古代制曲典概括聂生平及艺术,下联以精卫填海典悼聂耳溺海,寄望其魂灵再回故国。

挽鲁迅联

徐懋庸

敌乎友乎　余惟自问
知我罪我　公已无言

【赏析】

　　鲁、徐原有师生之谊，后因"大众文学"与"国防文学"口号之争而意见分歧。联语叙述友谊及论争事，有遗憾、自伤之情。

挽鲁迅联

蔡元培

著述最谨严　岂徒中国小说史
遗言犹沉痛　莫作空头文学家

【赏析】

　　蔡任北大校长时，曾聘鲁迅讲授"中国文学史"。当时一些反动文人攻击鲁迅著作中只有《中国小说史略》还算过得去，蔡在此处充分肯定鲁迅的全部作品。鲁迅遗嘱第五条写到："孩子长大，倘无才能，可寻点小事情过活，万不可作空头文学家和美术家。"蔡在下联寄以有为青年埋头学问、勿做有名无实文人的深意。

挽孙中山联

杨度

英雄做事无他　只坚忍一心　能全世界能全我
自古成功有几　正疮痍满目　半哭苍生半哭公

【赏析】

　　作者在这副挽联中颂扬了孙中山先生坚韧不拔的斗争精神，以及他对人类做出的贡献及对作者本人的帮助。同时，作者也以十分沉痛的心情，对孙中山先生的去世表示了哀悼。尤其值得一提的是，作者在悼念孙中山时，念念不忘的仍是国家和民族的前途和命运，他将孙中山的去世看做是中国人民的一大损失。"半哭苍生半哭公"，充满了忧国忧民之意和对孙中山去世的悲伤之情，同时也更突出了孙中山先生的伟大和不朽。

挽马本斋母子联

朱　德

壮志难移　回汉各族模范
大节不死　母子两代英雄

【赏析】

　　此联用通俗易懂的语言，对民族英雄马本斋母子做了高度赞扬。特别是联中指出，马本斋母子不仅是回族人民的模范，也是汉族人民以及中华各族人民反抗日寇侵略的模范。这一高度评价，对鼓舞各族人民的抗日斗志具有积极作用。

挽　母　联

毛泽东

疾革尚呼儿　无限关怀　万端遗恨皆须补
长生新学佛　不能住世　一掬慈容何处寻

【赏析】

　　这副挽联表达了毛泽东与母亲之间的母子深情。上联从记述母亲病危思儿的情景写起，下联写母亲希望自己长寿但却未能久驻人世。全联由追思养育之恩表达孝敬之情、痛悼之意，写得哀恻动人。

挽蔡元培联

毛泽东

学界泰斗
人世楷模

【赏析】

　　上联赞蔡元培先生的学问成就，下联颂蔡元培先生的高尚人格。虽寥寥八字，却将蔡先生之道德文章作了高度概括。

浙江杭州岳王庙联

王文清

万里坏长城　　南渡朝廷从此小
一抔留古墓　　西湖烟水到今香

【赏析】

　　上联以史笔痛斥南宋朝廷自毁长城，南渡偏安苟且，一个"小"字既指疆土变小，也寓被人小视，更反衬了岳飞的伟大。下联颂赞民族英雄岳飞虽死犹生，古墓让人凭吊，英灵与湖山同在，更使西湖地因人重，万古留芳。

浙江杭州岳王庙联

吴芳培

千秋冤狱莫须有
百战忠魂归去来

【赏析】

　　上联"莫须有"，出自《宋史·岳飞传》，下联"归去来"，取自陶渊明《归去来辞》。联语痛斥了以"莫须有"（也许有）为名的"千秋冤案"，呼唤昭雪后的英雄"百战忠魂"早些归来，充分表达了对岳飞的爱戴和景仰之情，有着极强的感染力。河南汤阴的岳武庙内也有此联。

哀挽刘先生联

纪　昀

岱色苍茫众山小
天容惨淡大星沉

【赏析】

　　刘统勋是乾隆时东阁大学士兼军机大臣，这是为刘统勋去世后特撰的挽联。因他是山东人，又是群臣之首，故将他喻为五岳之首的泰山，用杜甫"会当凌绝顶，一览众山小"诗意，以"众山小"喻包括自己在内的群臣。在上联喻其高位后，下联写其哀荣，这样一颗巨星陨落了，连上天也为之含悲而黯然失色，喻指乾隆皇上亲往吊唁，痛哭失声。联语动用恰切的比喻，真诚地表达了崇敬之情和缅怀之意。

挽亡妻联

梁同书

一百年弹指光阴　天胡靳此
九十载齐眉夫妇　我独何堪

【赏析】

　　上联说时间飞逝，一百年也不过弹指之间，老天为什么如此吝啬？质问中尤见感情分量。下联用"举案齐眉"熟典，形容作者与夫人共同生活时互敬互爱，幸福和谐。接着从妻先亡故，更觉独自一人，形影相吊，哀伤痛惜之意，表达得自然深沉。联语简明质直，具有极为感人的力量。

挽鲍桂星联

姚祖同

云路仰鸿仪　不少丹忱悬日月
烟霄惊鹤化　空留奇气郁诗篇

【赏析】

　　"鸿仪",比喻人的风采。上联颂赞逝者一生性情耿直,丹忱可敬,人格高尚,光照日月。"鹤化",死的讳称。下联称友人虽驾鹤而去,但诗文才气永留人间。联语对仗工整,"仰"表敬佩","惊"寄沉痛,读来情真意切,感人至深。

挽讨袁英雄蔡锷联

孙中山

平生慷慨班都护
万里间关马伏波

【赏析】

　　"班都护",东汉名将班超,曾任西域都护。班超胸有大志,投笔从戎。联借此概括蔡锷的生平及非凡抱负。"马伏波",东汉名将马援,以功封为"伏波将军",后在平息叛乱时病死军中。史载云阳令朱勃上书论其功,有"间关险难,触冒万死"之语。"间关",历经道路艰险。联用以颂赞蔡锷为革命大业鞠躬尽瘁、死而后已的精神。联语用典恰切,概括力强,着墨不多,却极有分量。

吊烈士秋瑾联

孙中山

江户矢丹忱　感君首赞同盟会
轩亭洒碧血　愧我今招侠女魂

【赏析】

上联说：在日本的江户（东京旧称），你矢志革命事业，具有忠贞之心，我非常感激你最早赞同同盟会的主张。下联说：你在轩亭口英勇就义，为国殉难，我现在来此招魂祭祀，深感惭愧，觉得对不起抛头颅、洒热血的先烈们。全联情真意切，充分表达了作者对烈士的缅怀之情和景仰之意，读来真挚感人。

挽 黄 兴 联

孙中山

常恨隋陆无武　绛灌无文　纵九等论交到古人　此才不易
试问夷惠谁贤　彭殇谁寿　只十载同盟有今日　后死何堪

【赏析】

上联以助汉高祖刘邦定天下的文臣隋何、陆贾的能文缺武，名将绛侯周勃、灌婴能武缺文，来比衬和颂赞黄兴文武双全，人才难得。"九等"，班固在《汉书》中对人才品级分为九等。下联以世代称誉的伯夷、柳下惠来比喻黄兴忠贞，又以彭祖、殇子一寿一夭的典实叹息黄兴的早逝（卒年四十二岁）。作者还追思与逝者在同盟会并肩战斗的十年往事，以"后死何堪"抒发了悲悼之情。

挽傣族爱国人士刀安仁联

章炳麟

三字奇冤生竟雪
一腔热血死难消

【赏析】

  上联指刀安仁曾被云南军阀诬以"叛国心"逮捕，解至北京囚禁，后经孙中山、黄兴营救，出狱得以"奇冤生竟雪"。下联对刀安仁满腔热血投身革命，反遭陷害，身心受到折磨过早去世，表示极大的义愤。联语言词慷慨，是对逝者的沉痛哀悼，是对军阀的有力鞭挞。

挽格达活佛联

刘伯承

具无畏精神 功烈久垂民族史
增几多悲愤 追思应续国殇篇

【赏析】

  旗帜鲜明地赞扬了格达活佛崇高的爱国主义精神，及其永载民族史册的伟大功绩。"国殇"，指为国牺牲的人。下联愤怒谴责帝国主义特务的罪恶行径，再次表达了对为国捐躯者的真诚哀悼。

挽 张 冲 联

周恩来

安危谁与共
风雨忆同舟

【赏析】

意为：你英年早逝，今后革命事业的安和危，谁来与我共同操心呢？想想过去几年里，我们如同坐在同一条船上，与狂风暴雨搏斗，历经艰险和锻炼。在成语"安危与共""风雨同舟"中加入"谁""忆"二字，更显感情真挚，寄意深沉。

挽廖仲恺联

何香凝

夫妻恩今世未全来世再
儿女债两人共负一人完

【赏析】

上联说，你我夫妻恩爱未曾白头到老且待来生再续缘；下联说，培育儿女的责任本是两个人共同负担，如今将由我一人去完成。

挽叶挺军长联

刘伯承

勒马黄河悲壮士
挥戈易水哭将军

【赏析】

此联为挽曾任新四军军长的叶挺而撰。上联中的"悲壮士"引荆轲受命去刺秦王嬴政的故事，临行唱道："风萧萧兮易水寒，壮士一去兮不复还。"以"不复还"寓叶挺不幸遇难。联语以"黄河""易水"指作者率军鏖战的地方，借"壮士"比喻"将军"，一"悲"一"哭"，感情真挚而凝重，有极大的感染力，读之化悲痛为力量，有极强的号召力。

挽关天培联

林则徐

六载固金汤　问何人忽坏长城　孤注空教躬尽瘁
双忠同坎壈　闻异类亦钦伟节　归魂相送面如生

【赏析】

这副挽联写得语挚情深，怨愤痛切溢于字里行间。全联正反相对，投降卖国者和爱国壮士的对照，若一抔黄土的渺小映衬一座大山的伟岸。

挽续范亭联

毛泽东

为民族解放　为阶级翻身　事业垂成　公胡遽死
有云水襟怀　有松柏气节　典型顿失　人尽含悲

【赏析】

上联高度评价了续范亭同志"以天下为己任"而舍身奋斗的一生。下联高度赞扬了续范亭同志襟怀坦白、气节高尚的品格。全联通俗晓畅，一气呵成，属对工稳，感情诚挚，悲壮之情，催人泪下。

集　联

顾炎武集经书句联

朱彝尊

入则孝　出则悌　守先王之道以待后学
诵其诗　读其书　友天下之士尚论古人

【赏析】

　　顾炎武对经史百家、音韵训诂、国家典制、都邑掌故、天文仪象都作过深入探讨研究，晚年致力于考证，开清代朴学之风。

游泰山集联

彭玉麟

我本楚狂人　五岳寻仙不辞远
地犹鄹氏邑　万方多难此登临

【赏析】

　　上联集李白诗句，切彭湖南故乡。下联集唐玄宗、杜甫诗句，切时间、地点。清廷刚刚镇压了太平军，这边捻军还在与朝廷对抗，对清廷而言，真是"多难"。

古 诗 词 联

梁启超

银汉是红墙　一带遥相隔
鸾镜与花枝　此情谁得知

【赏析】

上联出自毛文锡《醉花阴》，下联出自温庭筠《菩萨蛮》。

古 诗 词 联

梁启超

水殿风来　冷香飞上诗句
芳径雨歇　流莺唤起春醒

【赏析】

"冷香飞上诗句"数字造境极佳，系出自姜白石《念奴娇》："嫣然摇动，冷香飞上诗句。"

梁羽生集联

梁羽生

四海翻腾云水怒
百年淬厉电光开

【赏析】

上联集自毛泽东词《满江红》："四海翻腾云水怒，五洲震荡风雷激。"下联集自龚自珍《己亥杂诗》："廉锷非关上帝方，百年淬厉电光开。先生宦后雄谈减，悄向龙泉祝一回。"

《三国演义》佳联（一）

淡泊以明志
宁静而致远

【赏析】

《三国演义》第三十七回《司马徽再荐名士，刘玄德三顾草庐》记：刘备冒着风雪到卧龙冈拜访诸葛亮，见其中门之上书有此联。未睹其人，先见其心——一位恬淡寡欲而志向明确、身处草野而可负大任的高士形象跃然门上，呼之欲出。运用对联刻画人物，也是《三国演义》留给我们的宝贵遗产。

《三国演义》佳联（二）

赤面秉赤心　骑赤兔追风　驰驱时无忘赤帝
青灯观青史　仗青龙偃月　隐微处不愧青天

【赏析】

《三国演义》第七十七回《玉泉山关公显圣，洛阳城曹操感神》记：关羽死后，显圣护民，人们为之建庙，并撰此联。短短三十四字，刻画出关公红光焕发的面容、驰逐沙场的英姿以及灯下仗刀读书的伟岸身影，也歌颂了他那一心报效汉帝、时刻不负青天的赤胆忠心。

《水浒传》佳联（一）

醉里乾坤大
壶中日月长

【赏析】

《水浒传》第二十九回《施恩重霸孟州道，武松醉打蒋门神》记：武松来到快活林，见到蒋门神酒店门前一带绿油栏杆，插着两把销金旗，其上书有此联。这是文学名著中出现最早的酒店佳联之一，数百年来传诵不衰。

《水浒传》佳联（二）

世间无比酒

天下有名楼

【赏析】

　　《水浒传》第三十九回《浔阳楼宋江吟反诗，梁山泊戴宗传假信》记：宋江怒杀阎婆惜后，刺配江州。一日走到浔阳楼前，见到此联。上联盛赞酒之无与伦比，下联称颂楼之名播天下，语言虽然平易，气势却颇夺人，这为后文所写宋江题反诗作了有力的烘托和铺垫。

《西游记》佳联（一）

静隐深山无俗虑

幽居仙洞乐天真

【赏析】

　　《西游记》第十七回《孙行者大闹黑风山，观世音收伏熊黑怪》记：孙悟空为讨回被盗的袈裟来到黑风洞，见到二门之上书有此联。它刻画了黑风洞的"幽雅"环境，也表达了熊黑怪的不俗"志向"，生动凝练，酣畅淋漓。

《西游记》佳联（二）

丝飘弱柳平桥晚

雪点香梅小院春

【赏析】

　　《西游记》第二十三回《三藏不忘本，四圣试禅心》记：唐僧师徒四人来到一座庄院，屏门两边的金漆柱上贴着此联。这副对联以"丝"状"弱柳"，以"雪"状"香梅"，比喻精当，描绘细腻。"飘"、"点"两个动词，也极传神。

《西游记》佳联（三）

长生不老神仙府
与天同寿道人家

【赏析】

《西游记》第二十四回《万寿山大仙留故友，五庄观行者窃人参》记：四圣试禅心后，唐僧师徒继续西行。走到一观宇前，看见二门之上贴有此联。该联集中突出"长寿府"，既体现了万寿山的特点，又切合镇元大仙的身份。

《封神演义》佳联

三千社稷归周主
一派华夷属武王

【赏析】

《封神演义》第六十七回《姜子牙金台拜将》记：姜子牙被周武王拜为大将军，他在岐山将台边，看到牌坊之上书有此联。这显然是说书人附会，姜子牙的时代对联还没有产生呢。此联以夸张手法表现武王威势，气魄宏大，出语不凡。

《警世通言》佳联

酿成春夏秋冬酒
醉倒东西南北人

【赏析】

《警世通言》第二十卷《计押番金鳗产祸》记：周三杀了计押番夫妇后来到镇江府，看到一家酒店门前的招子上写有此联。上联写酿酒，一年四季，频频不断；下联写饮酒，四面八方，绵绵不绝。全联对仗严整工稳，语言通俗简洁。

《红楼梦》佳联

世事洞明皆学问

人情练达即文章

【赏析】

　　《红楼梦》第五回《游幻境指迷十二钗，饮仙醪曲演红楼梦》记：贾宝玉随秦可卿来到上房内间，见到此联。原意在于规劝人们明了世事，通晓人情，以便明哲保身，青云直上，因而引起宝玉反感。今人则往往剔除其封建性糟粕，赋予其进步性内容，即鼓励人们研究世上诸般事物，通晓人间各种情理。

《老残游记》佳联

愿天下有情人　　都成了眷属

是前生注定事　　莫错过姻缘

【赏析】

　　《老残游记》第十七回《铁炮一声公堂解索，瑶琴三叠旅舍衔环》记：老残被黄人瑞领到新房，见到墙上贴有此联。第二十回结尾老残信中亦有此联。这副对联原是西湖月老祠联，作者一再引用，借以表达自己对爱情自由的热情向往与歌颂。

集李杜诗联

谢元淮

举头望明月
荡胸生层云

【赏析】

李白、杜甫是唐代最伟大的诗人,《静夜思》《望岳》又是人们最熟悉的作品。作者信手拈来,竟成集联上品。宋人陆游说:"文章本天成,妙手偶得之。"集联亦如文章,正赖"妙手"之"偶得"!

集苏轼诗联

闻一多

遥看北斗挂南岳
常撞大吕应黄钟

【赏析】

这是闻一多先生四十年代居于昆明时挂在书案旁的一副对联。上联借"北斗"和"南岳"比喻中国共产党及其解放区;下联借"大吕"和"黄钟"比喻自己的行为与中国共产党的主张。全联托物咏志,一气呵成,袒露了这位爱国志士向往光明、追求进步的高洁情怀。

集毛泽东诗词联

李一氓

天兵怒气冲霄汉
帝子乘风下翠微

【赏析】

此联运用夸张手法，融汇神话传说，想落天外，色彩瑰丽。

春　联

闻鸡起舞

跃马争春

【赏析】

1981年（鸡年）《羊城晚报》于春节前征联，应征作品有六万余副，最后选出优秀作品16副，此联获一等奖。出句用晋代祖逖故事，是用典，旨在激励民众为四化建设早练本领，增长才干。对句反映骏马逢春，奔腾跃进的局面。命意积极进取，激人立志奋进。言简意深，高度概括，各行各业，皆可适用。

苏州沧浪亭集句联

梁章钜

清风明月本无价

近水遥山皆有情

【赏析】

这是一副巧妙的集句联，上联见欧阳修长诗《沧浪亭》，下联见苏舜钦诗《过苏州》。虽是集句，读起来却是一副佳联，上下契合，天衣无缝。上联，清风明月是无价之宝，意境是那样雅淡、疏朗；下联，远山近水都是有情之物，情韵是那样缠绵、妩媚。

集　句　联

诸葛一生唯谨慎

吕端大事不糊涂

【赏析】

　　短短十四字，高度概括出两个历史人物的性格特征。全联对仗工稳，用词老练。

郑成功集句联

郑成功

养心莫善寡欲
至乐无如读书

【赏析】

　　郑成功，福建南安人，明清之际抗击荷兰殖民者的名将，民族英雄。上联出自《孟子·尽心下》，意思是：修养心性的最好方法是减少私欲。事实证明，"寡欲"是心灵的净化剂，它能使人胸怀坦荡，品格高尚，意志坚强。郑成功正是以此为铭，不断砥砺和鞭策自己，才使自己成为顶天立地的民族英雄。下联句出《史典·愿体集》，"至乐无如读书"是古今多少卓有成就的名人共同的感受。当然，他们的"读书"是与"养心"相结合的，所以才能真正"乐"在其中。

纪昀集句联

纪　昀

新鬼烦冤旧鬼哭
他生未卜此生休

【赏析】

　　上联集自杜甫《兵车行》："新鬼烦冤旧鬼哭，天阴雨湿声啾啾。"下联集自李商隐《马嵬·二》："海外徒闻更九州，他生未卜此生休。"联语借此控诉庸医。联语虽讽庸医，但却未正面写，而是以患者"未卜"而"休"成为"鬼"的悲惨命运，对庸医的无能与可恶，予以有力的鞭挞，犹如针砭，入骨三分。

自 题 门 联

陆旁和

近市声喧　清风明月不用买
贫家客少　鸟语花香自可人

【赏析】

　　作者虽家贫、少客，但"清风明月""鸟语花香"，亦能自乐。

题 住 宅 联

李淑同

天意怜幽草
人间爱晚晴

【赏析】

　　意境悠闲，表现出作者对生活充满欢乐。

题何廉昉枋寓宅联

曾文正

千顷太湖　欧与陶朱同泛宅
一分明月　鹤随何逊共移家

【赏析】

　　环境明媚、幽静，借典亦佳。

题住宅楼阁联

许 浑

溪云初起日沉阁

山雨欲来风满楼

【赏析】

　　集名句成联，意在阐明此宅之处所和特定的自然美景。

住 宅 联

月无贫富家家有

燕不炎凉岁岁来

【赏析】

　　此联贵在谈人之未谈。作者借物寓意，暗示自家贫寒，而"月""燕"却不嫌弃，至于人怎样呢？故将潜台词隐去。

自题住宅联

孙星衍

莫放春秋佳日过

最难风雨故人来

【赏析】

　　言理实际，发人寻味。故人冒风雨而来，可见友谊难得。

栖 凤 室 联

梁星海

　　零落雨中花　　春梦惊回栖凤宅

　　绸缪天下事　　壮心销尽石鱼斋

【赏析】

　　情文娓娓，有闲居失落之感。

题 住 宅 联

朱汝珍

　　一路沿溪花覆水

　　几家深树碧藏楼

【赏析】

　　"花覆水""碧藏楼"，真是妙笔生辉，巧莫能皆。

题 住 宅 联

赵之谦

　　阶前碎月铺花影

　　天外斜阳带远帆

【赏析】

　　作者从不同时间、空间角度，摄取最美的景物构联，致使住宅幽美的环境，立时呈现于读者眼前。